森鷗外の『沙羅の木』を読む日

Takashi Okai

岡井隆

幻戯書房

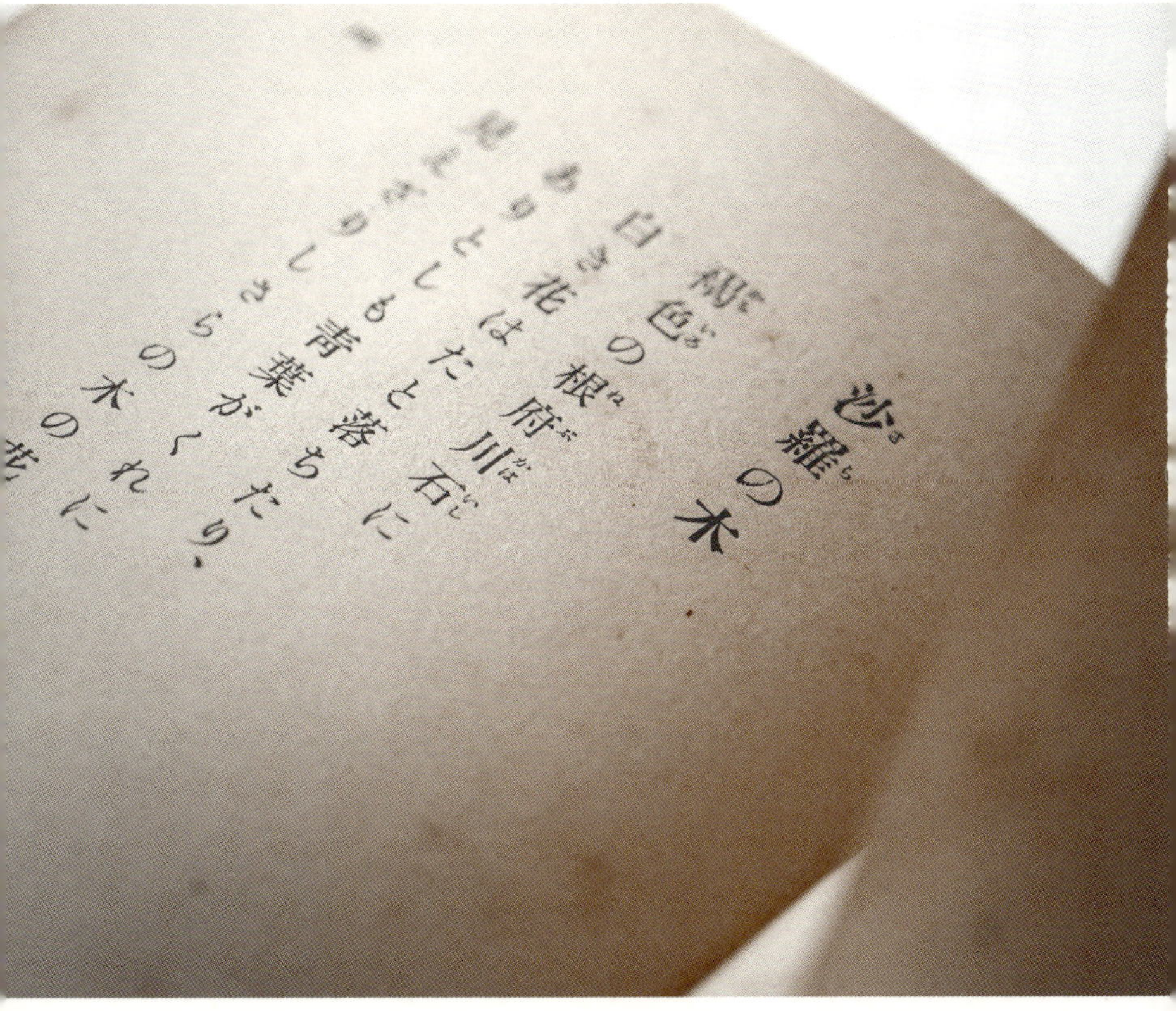

目次

装幀　間村俊一

撮影　御厨慎一郎

森鷗外の『沙羅の木』を読む日

第一章　森鷗外の詩集『沙羅の木』を読みはじめる

『沙羅の木』は訳詩と創作詩と「我百首」という短歌集の三部構成の本だ。まず訳詩とはなにかを考える。その実例として『月下の一群』（堀口大學訳）、『於母影』（鷗外他、新声社訳）を挙げる。『沙羅の木』の出たころ、大正三、四年の鷗外について年譜を見る。

これから森鷗外の『沙羅《さら》の木』（大正四年［一九一五］、鷗外五十三歳時刊）という詩集について書こうとして、すこしく雑談したいと思う。

このようにものを読み、ものを書くいわゆる書斎派の生活になってしまったのも、わたしの老齢とか定職のない生活とかいった理由もあろうが、もともとこういう生活が好きだったせいなのでもあろう。その読むものの中には相当量の翻訳ものが入っている。詩でいえば訳詩である。『沙羅の木』は、鷗外の「序」によれば「訳詩、沙羅の木〔創作詩〕、我百首《われ》の三部から成り立つてゐる」ということである。

詩の翻訳は、不可能だというういわゆる絶望説は今までにも多くとなえられて来た。ホフマンスタールの詩についても前著『鷗外・茂吉・杢太郎――「テエベス百門」の夕映え』（書肆山田 二〇〇八）に書いたように、インドヨーロッパ語の系列のことば（西欧文化は皆これによっているが）と、わが日本語との根本的な言語学的な相違を理由にして、そのことを説く人が多いが、それなら、そうしたことばの差異にもかかわらず、翻訳が絶えず行なわれて来たのはどうしてなんだろう。やはり、よほど魅力のある異文化的存在があり、それがわたしたちをひきつけて止まないのだろうか。

ただし、時代は変って来ている。わたしの世代の人はもうほとんど居なくなっている。歌会に出て、世代の若い歌人たちと話していると、わたしと翻訳詩読みの体験を共有している人は、少く（あるいは絶無に）なりつつある。別にそれを歎くつもりはないが、現実は現実である。たとえば、その歌の中に「一角獣《ユニコーン》の角をつかむ貴婦人」という歌句を見出して、そのころ東京で展覧されているタピスリーから取材したものと判る場合、わたしはごく自然に、「リルケに有名な一角獣の詩があったよね」と言ってみるが反響はなく話題にもならない。

最近の本でわたしたち世代には特に嬉しかったのは堀口大學訳『月下の一群』が岩波文庫に入ったことだ。二〇一三年五月のことだった。今までは抄出本の形では文庫本で出ていたのだが、今度は六六二頁の文庫本になって出たのだ。同じ訳詩集でも、『海潮音』や『牧羊神』は、すでに一九六二年つまり半世紀も前に『上田敏全訳詩集』として岩波文庫入りをしていたのに、現代詩に大きな影響を与えた『月下の一群』は分量が多いためもあってか、この年までのびた。しかし、ともかく文庫本で、詩人の肖像画まで入って読むことができるようになった。

シャボン玉　　　ジャン・コクトオ

シャボン玉の中へは
庭は這入れません
まはりをくるくる廻つてゐます

などといった有名な訳詩を読むことができるのである。

『月下の一群』にしても、『海潮音』にしても、これらの訳詩は、単なる知識ではない。これらの訳詩を読んで影響されて詩や歌を書いて来たのである。斎藤茂吉や近藤芳美の歌を読んで、それの影響で歌を書いたのと同じように、『月下の一群』の中のアポリネエルやヴァレリーを読むことによって、新しい歌の着想を得たり、ふかいところで詩歌を考えたりしたのである。この点については、現代のノーベル賞作家ヴィスワヴァ・シンボルスカの訳詩から多くのものを得るのと、そう違ってはいないだろう。ポーランドの詩人シンボルスカの場合、やはり工藤幸雄氏とか沼野充義氏のような、いい訳者がいたからこそ、その詩がわたしたちのところまで届いたのである。現代の詩人の場合は、明治・大正・昭和戦前にくらべると、訳詩や訳詩集の影響は少くなっているだろうが、全くないとは言えないのだ。

さて、森鷗外の晩年を語る場合に、高名な歴史小説や史伝と同時に『沙羅の木』や、たくさんの翻訳もの（小説とか戯曲とか）を欠かすことができないとすれば、鷗外にとって、近世の先人渋江抽斎や北条霞亭と同時に、異国の人の仕事が気になっていたのである。訳詩も（下敷きはあるものの）訳者の日本語による詩に外ならないからこれを創作詩の一種と考えてもいいのだ。とすれば、『沙羅の木』の中のデエメルやクラブントの訳詩と、「沙羅の木」に含まれる創作詩を、並べて味わい、論ずることには、なんのためらいもいらない。「沙羅の木は主として雑誌明星の後期に、私のした試《こゝろみ》である」と鷗外は言っているから、雑誌「明星」には、一つ一つ当らねばならないだろうが、それはまたそれで、その時代の他の作家の作品も一しょに読むことにもなろうから、いろいろとおもしろい発見があるかもしれない。

問題は、もう一つあって、鷗外には、二十代の若いころに、同志たちと共に訳して編んだ『於《お》母《も》影《かげ》』があるがそれをとり上げなくてもよいのかという難問である。『於母影』は初め、明治二十二年（一八八九）に雑誌「国民之友」夏季付録として一括してかかげた十七篇の訳詩集（吉田精一による）であったが、のちに二篇を加えて十九篇になった。署名は、S.S.S.（新声社）となっているが、諸先人の研究によって、最終的には鷗外訳としてもよさそうな訳詩集である。幸いに『日本近代文学大系52　明治大正訳詩集』（角川書店　一九七一）に『於母影』は入っていて、神田孝夫、小堀桂一郎両氏の注釈と、吉田精一氏の解説があるから、ずい分と助かる。
『於母影』で一番よく知られているのは「ミニヨンの歌」であろう。ゲーテの『ヴィルヘルム・マイスターの修行時代』からとったもので、鷗外の妹小金井喜美子の手が加わっているともいわれるが、とにかく写してみよう。

ミニヨンの歌

「レモン」の木は花さきくらき林の中に
こがね色したる柑子《かうじ》は枝もたわゝにみのり
青く晴れし空よりしづやかに風吹き
「ミルテ」の木はしづかに「ラウレル」の木は高く
くもにそびえて立てる国をしるやかなたへ
君と共にゆかまし

「ミニヨンの歌」の「其一《そのいち》」は右の六行である。よくいわれるのは、明治の二十年代に、五・七調や七・五調にこだわらない自由律風の翻訳をしたことの新しさであるが、そういう後ろ向きの、研究者風の読み方は、わたしの今の方向とは違っている。ミルテ(漢名で桃金嬢《てんにんか》)とかラウレル

（月桂樹）といった原語をそのままに写した名詞の効果は、なかなかのものであるが、さて今読んでみて、ミニヨンの望郷の思いは、われわれ現代人にどのくらい伝わるだろうかということがある。

『於母影』は、若い鷗外が、ドイツ留学から帰国した直後の仕事であった。正確に「年譜」をたどってみると、次のようになる。

明治十七年（一八八四）

　八月日本を発つ。

明治二十一年（一八八八）

九月日本へ帰国。四日後ドイツ女性来日。十月ドイツ女性帰国。十二月陸軍軍医学校兼陸軍大学校教官になる。『非日本食論は将《マサ》ニ其《ソノ》根拠ヲ失ハントス』を出版。ドイツ留学により日本文化を見直して、ナショナリストになった鷗外。最近でいえば、江藤淳のアメリカ留学の前と後のことを、わたしなどは思い出す。外国生活によってナショナリストになる例は、もち論多いのである。

明治二十二年（一八八九）鷗外二十七歳

一月三日ゴットシャルの「小説論」（「医学の説より出でたる小説論」）を読売新聞に紹介。文学活動が始まった。「東京医事新誌」編集主任となる。これで、医学の研究や評論を公表して、互いに論じ合う場所を得たのである。それまではそういう場が、日本にはなかったといわれている。

二月、西周《あまね》の媒酌で海軍中将赤松則良の長女登志子と結婚。この月以降戦闘的医学統計論論争を展開する。むろん、前年の、ドイツ婦人エリーゼの来日と、帰国事件と、赤松登志子との結婚には一連の流れがある。鷗外伝としては、小説「舞姫」と共に、よく論じられて来た問題で、小金井喜美子ら家族の証言も多い。わたしが今、『文芸読本 森鷗外』(河出書房新社一九七六)の山崎一穎《かずひで》編の年譜をたどっているのは、そうした鷗外の個人的な事件や結婚歴が、やがてそのあとに来る『於母影』出版と、からみ合っているありさまを想像してみたいと思っているからである。帰国後のナショナリスト鷗外、「戦闘的啓蒙者」などと批評される鷗外と、『於母影』とは、あるいは底辺でつながっていることかもしれないのである。

三月、「衛生新誌」を創刊、いよいよ、お手製の評論発表の場をつくったのだ。同月、軍医学校から「陸軍衛生教程」を刊行。五月「『文学ト自然』ヲ読ム」を「国民之友」に発表。鷗外の文学観がここからわかるといわれている。七月、東京美術学校専修科講師となり、美術解剖を講じ始める。そして八月、いよいよ、「国民之友」夏季付録に新声社訳「於母影」を発表し、その稿料で十月、「しがらみ草子」を創刊し、文学評論活動を開始。十二月、批判力旺盛ゆえに「東京医事新誌」主筆の座を追われた。

さしあたり年譜をなぞるのは一応ここまでとして置く。小説の処女作「舞姫」は明治二十三年（一八九〇）の一月、「国民之友」に載った。鷗外の帰国から一年間のあいだの、ものすごい活動ぶり、身をもって体験した私的な事件も実にさまざまであって、その中にあって『於母影』という訳詩集は生まれているのである。

『於母影』は、多方面にわたる鷗外の知的活動の一つとして生まれている。軍医としての仕事、文芸評論、のあいだに、同時的に成立した訳詩集であった。そのことは個人的な状況、結婚とその後の離別の件にもいえることだろう。

『沙羅の木』を読みながら、その背後にある私的状況や、同時に書かれた小説、エッセイ、翻訳等をみていると、鷗外という多面体の人物は、つねにそういう存在として、在ったのではないかと思えてくる。

年譜をみているだけでは駄目だが、少くとも年譜をみるだけでも、そのことは予感できるのではないか。

同じようなやり方で、山崎氏編の年譜によって、『沙羅の木』の出た大正四年の前後をたどってみるのもいいことだろう。「明星」の後期などといえば、明治の終りごろまでさかのぼらなければならないが、ここではさしあたり大正四年前後である。なぜなら、いくら稿がたまって来ても、それをまとめて一巻の書物として上梓することとは、また別のことだからである。『沙羅の木』は「我百首」も加えながら、大正四年に出たのである。そもそも大正三年、四年とは鷗外にとってどんな年だったのだろう。

大正三年（一九一四）鷗外五十二歳

一月「我等」創刊。ここに、「椋鳥通信」を受け継いで「水のあなたより」が九月まで連載された。鷗外の眼は、相変らず西欧の方角に絶えず向けられている。異国事情をすぐ情報化するマス・メディアやテレビなどのなかった時代に、鷗外は自力でこうした情報誌を作ったのだ。一月より五月まで「稲妻」（ストリンドベルヒの戯曲）を「歌舞伎」に訳載。一月「大塩平八郎」を「中央公論」に発表。二月「堺事件」を「新小説」に発表。この「堺事件」に対しては、ずっと後年に大岡昇平が批判したことが有名。死後、何十年たっても批判されるというのは、むしろ光栄といってもいいのかもしれないが。三月、この月創刊の女流雑誌「番紅花（サフラン）」に随筆「サフラン」を寄稿。四月十七日岳父荒木博臣（明治二十三年に登志子と離婚、三十五年に再婚した妻志げの父）死去。五月四日軍隊衛生視察のため仙台、盛岡、札幌、旭川、弘前、山形、飯坂をまわる。もち論、本職の陸軍医務局長の仕事である。五月ホフマンスタールの「謎」（戯曲）を「我等」に掲載。八月から九月にわたって「北遊記」を「心の花」に連載。十二月「亡くなつた原稿」を「歌舞伎」に発表。

大正四年（一九一五）五十三歳

一月「山椒大夫」を「中央公論」に、「歴史其儘《まま》と歴史離れ」を「心の花」に発表。翻訳短篇集『諸国物語』を国民文庫刊行会から出版。四月、「津下四郎左衛門」を「中央公論」に発表。四月二十四日、勲一等に叙せられ瑞宝章を授けられる。五月中絶していた「雁」を完結して単行本として籾山書店より上梓。七月「魚玄機」を「中央公論」に掲載。八月中旬から渋江抽斎の調査を始める。九月、詩歌集『沙羅の木』を阿蘭陀《オランダ》書房より刊行、となるわけである。

年譜をたどると、まさに『於母影』は、鷗外訳詩の首途ともいうべき位置にあるが、『沙羅の木』は、鷗外が、官界から退こうとしている、晩年の仕事にあたっていることがわかる。また、いわゆる歴史小説、現代小説から、史伝ものといわれるこれも鷗外の最晩年の仕事へと移行していく時期にあたっていたのがわかる。それにしても鷗外の活動意欲は、おとろえていない。相変らず西欧の文化、作品への興味も強い。その中でごく自然に『沙羅の木』は生まれ出ているようでもある。

第二章　現代の詩と『沙羅の木』の詩を読みくらべる

現代の詩、谷川俊太郎詩集『ミライノコドモ』の中の「駄々」を読む。『沙羅の木』のクラブントの詩「泉」「己は来た」、モルゲンシュテルン「月出」を併せて読んでみた。

わたしは、萩原朔太郎賞（前橋市主催）の選考委員をしている。八月の中旬というと毎年、萩原朔太郎賞の選考の前で、わたしのところへ数冊の候補作が送られて来る季節である。

今年（二〇一三）も五冊の詩集が送られて来た。わたしは毎日毎日、かなり難解なそれらの詩集を読むことになる。それは、むろん、愉しみでもあるのだが（なぜなら、新しい詩の美しさにふれることでもあるから）、今年のような酷暑の中で折をみては一つ一つの詩を読んで考えるという作業は、或る意味で、愉しい苦行でもある。

それと同時に、毎日のように仕事として読む短歌（選者として読むわけだが）の場合と、詩を読む場合とで、経験がどうしてこんなに違うのかを考えさせられる機会でもある。

今年の朔太郎賞の候補作については、来月までは書くわけにいかない（九月二日に選考会がある）ので、別の例を挙げてみよう。それが鷗外の『於母影』や『沙羅の木』を読むのと、どう関わるのかは、追い追いに書くことになろう。多くの尊敬する近代文学の研究者たちの仕事のお蔭で、『於母影』について注解がなされていて、教えられる。しかし、わたしは、今現在、詩や歌を書いている者として、鷗外の詩歌に直接向かい合いたいのである。そして鷗外と現代のわたしたちとの共通点を探り、違いを自覚したいのである。

そこで、今月も手にとった谷川俊太郎詩集『ミライノコドモ』（岩波書店　二〇一三）から一つ挙げてみよう。

駄々

言語は億劫だ
性交は不憫だ
未来は粗大だ
自然は当然だ
詩歌《しいか》は呂律《りよりつ》だ
否定は忸怩《じくじ》だ

〔忸怩＝恥じ入るさま〕

貪欲《どんよく》は人災だ
晴天は神慮だ

酩酊は遁走《とんそう》だ
貨幣は不燃だ
沈黙は寛大だ
細君は人間か

貴君は愚民だ
自我は宿痾《しゅくあ》だ
哄笑《こうしょう》は泡沫だ
頓死《とんし》で満願さ

〔宿痾＝持病〕

ルビはわたしがつけた。今では死語化している言葉には下段で注解をつけた。これ以外にも半ば死語化している単語もある。AはBだという論理的なもの言いが、逆用されているのは明らかだ。漢字二字の語が、視覚的にも「は」「だ」という平仮名の助詞と相まって、きれいだ。「細君は人間か」「頓死で満願さ」だけが助詞が変えてある。谷川俊太郎（一九三一年生まれ）の八十二歳のその折々にひらめいた処世訓めいた感想とうけとることもできるし、誰か別の「駄々」を捏ねている大人子供を思って批評しているととってもかまわない。

読んでいて、詩句が断言的で歯切れがよく、これは四行×四連の視覚的な簡潔さと似合っている。こういうのも詩人の技巧の冴えだとわたしには思える。わたしも、多くの現代詩の読者と同じように谷川氏の詩は、その出発のときから読んで来たし、最近でいえば、岩波文庫に入った『自選　谷川俊太郎詩集』（二〇一三）なども便利な本として利用させていただいている。

鷗外の『沙羅の木』にはデエメルやモルゲンシュテルンの訳詩と並んで、「殆《ほとん》ど無名の詩人たる青年大学々生の」クラブントという詩人の訳詩が、デエメルより多く入っている。これはかなり思い切った選びだ。と同時に、鷗外が、その時々に、読んでいたドイツの詩集の中から自分の感興のおもむくままに選んでいる自在さというか、わがままさというのが感じられる。これはやはり、文名の定まった鷗外の、晩年の仕事の特徴のようにも思える。つまりもうこのころ、鷗外は傍若無人だったのだ。

そのクラブントの作品を一つ読んでみよう。

泉

此泉《このいずみ》を汲まうとするな。

闇の中で吃るやうな声をして涌いて、
あらゆる日の光、あらゆる歓楽を
黙つて中《うち》に蔵《かく》してゐる泉だ。

此泉の黄金《こがね》なす水を
汲むことの出来る人は一人もない。
只自分を牲《にへ》にして持つて往〔ゆ〕く人があつたら、
此水はそれを迎へて高く迸り出《で》るだらう。

「泉」という暗喩によってこの青年が言おうとしたことはわかるような気がする。その詩に共感して五十二歳（大正三年［一九一四］）の鷗外が「此泉を汲まうとするな」と言い、ただ自分自身を神（泉）に捧げる供物として捧げる勇気のある人だけが、この「黄金なす」泉の水を汲むことができるなどと言ったのだとうけとることができる。四行二連のこの訳詩は、クラブントと鷗外の合作として読むことができる。

ところで、先に読んだ谷川俊太郎の「駄々」もまた、人の生き方についての「吃るやうな声」のつらなりではなかったか。クラブントの「泉」の方が、はるかに単純でわかりやすく、谷川の「駄々」にはイロニー、それこそ「駄々」をこねている風貌があらわではあるが、ずばりずばりと物言っているところはちょっと似てはいないだろうか。

鷗外は当時五十代とはいうものの、人生晩年であり、今風にいえば七十代、八十代に匹敵するといえなくはないのだ。

「駄々」をもう一度見なおしてみる。「AはBだ」というときの「は」「だ」はア母音の言葉でその点は、「か」「さ」も同じだ。だから脚韻めいて韻を踏んでいるのだ。

一行の音数は「こうしょうはほうまつだ」では五音・五音。「しいかはりょりつだ」では四音・四音。五・五の十音の行もあれば、四・四の八音のところもある。自然に生まれた韻律ではあるが、日本語の特質がいたるところで生きている。ところが、言われている意味（意味と韻律というときの意味）の方は、常識を破っていて、衝撃的だ。詩人の主張が、常識を破っているのだ。

クラブント原作の「泉」だと、簡単に音数を合わせたりできない。自由律の多行詩であって、五・七調や七・五調とは違うのだ。「此泉を（六）汲まうとするな（七）／闇の中で（六）吃るやうな（六）声をして涌いて（八）／あらゆる日の光（九）あらゆる歓楽を（九）／黙つて中に（七）蔵してゐる泉だ（十）」ということであって、中に、九音・九音という一行があるものの、「あらゆる」という言葉が二度使われて、多少、韻律のために役だっているみたいであっても、やはり、全体としては意味内容を重視した作詩だと思われる。

「此泉を汲まうとするな。」という禁止命令も、そのうしろに、「もしも〇〇であるならば、（汲んではならない)」といった、条件が予想される禁止命令なのである。

そして、前半四行が、短歌における上の句のようなものだとすれば、後半の四行は下の句である。上の句でもち出した問いに、下の句で答えているかたちである。

クラブントの詩は十一篇ある。もう一篇を読んでみよう。

己は来た

己〔おれ〕は来た。
己は往く。
母と云ふものが己を抱いたことがあるかしら。
父と云ふものを己の見ることがあるかしら。

只〔ただ〕己の側《そば》には大勢《おほぜい》の娘がゐる。
娘達は己の大きい目を好《す》いてゐる。
どうやら奇蹟を見るに都合の好〔よ〕ささうな目だ。
己は人間だらうか。森だらうか。獣《けもの》だらうか。

この詩も、四行二連になっている。若い大学生の詩にしては、どこか暗い印象の詩だ。多くの詩人がテーマとして選んだような「自分自身の由来」――おれはどこから来てどこへ行くのか、そして、おれという奴は、そもそもなにものなのか、が詩の中心にある。

鷗外でいえば、「妄想」（明治四十四年［一九一一］、鷗外四十九歳のときの作品）のような自伝的作品を思い出すのだが、一八九〇年生まれのクラブントは若い人だ。父も母も知らぬまま「己は来た。／己は往く。」と言っている青年であるから、明らかに五十代の鷗外とは違う。それなのに、鷗外は、それを、力をこめて訳出した。「己は人間だらうか。森だらうか。獣だらうか。」という自分への問いかけは、クラブントのものでありつつ、鷗外の共感するところだったのだ。

鷗外が、『沙羅の木』で訳出したドイツの詩人にモルゲンシュテルンがある。あまり知られていないが『ドイツ名詩選』（生野幸吉・檜山哲彦編　岩波文庫　一九九三）にも選ばれている。クラブントのように、その後名の消えた人に比べれば、デエメルと共に名を残した人だ。その「月出《つきので》」という詩を挙げて読んでみよう。

六行六行六行二行という構成で、五・七調できれいに訳されているから、クラブントを読んだあとでは口直しになるというものだ。モルゲンシュテルン（一八七一―一九一四年）、ミュンヘンの生まれである。

月出

色あはき夕《ゆふべ》の空《そら》に
聳《そそ》り立つ黒き林の
木の末《うれ》にかかりて照れる
おほいなる石鹸《せきけん》の珠、
見るが間《ま》にその木離れて
するすると高くぞのぼる。

草むらの下《した》うかがへば
パンの神うつろ芦茎《あしぐき》
唇に含みて臥せり、
ほとりなる池の水沫《みなわ》の
その端に猶凝りつきて
きらめけるうつろ芦茎。

かかる珠いくつか吹きし。

かかる珠いくつか破《や》れし。
ただ一つ勇ましき珠
するすると木《こ》ぬれ離れて、
光りつつ風のまにまに
国原《くにはら》の上にただよふ。

その行方《ゆくへ》あからめもせで
息籠《いきこ》めて見るパンの神。

鷗外の五・七調文語のひびきにのせられて、和歌にうたわれそうな月の出の詩かと思って読んでいくと、パン（ギリシャ神話の牧羊神）が出て来て、草むらの下で芦茎を口に含んで「おほいなる石鹼の珠」を空に向かって吹いている。その大きなシャボン玉の一つが、「国原の上にただよふ」あのお月さまなのだよというのだ。最終行は七・五調でしめくくっている。

第三章　「『沙羅の木』の序」を読み鷗外の意図を推察する

「『沙羅の木』の序」を読み、鷗外が訳詩と創作詩と歌集の三つを一冊の中に入れた意図を考える。現代詩人達の「詩型の越境」とくらべて考える。創作詩「沙羅の木」「雫」を読む。

小堀桂一郎の『森鷗外——日本はまだ普請中だ』（ミネルヴァ日本評伝選　二〇一三）は大著で、本文だけでも六七〇頁だ。その第六章「多事多産の時代」は約一五〇頁ぐらいある。『うた日記』（日露戦争の従軍日記の形をとった詩歌集）から、日露戦争戦後の時代の詩集『沙羅の木』にいたる作品について、詳細でまた読み物としても面白い論考である。

今わたしが読み始めている『沙羅の木』の全容について、その周辺の、この詩集には選ばれていない同時期の詩も含めて、丹念で心のこもった記載がある。

小堀氏は一九三三年生まれだから、八十歳になろうとしておられる。この大著は今までの仕事の集大成でもあるのだろう。

木下杢太郎やホフマンスタールについて書いているときも、『鷗外選集』（岩波書店　全二十一巻一九七八）の解説などで、氏には（時々反論もしながら）お世話になった。この度も、大いに教えられながらではあるが、時々、その論調に反発することもないではない。一作一作を今の詩歌つくりの目で確かめて行こうという、わたしの仕事とは、論考の目的としては違うところも大きいから、当然といえる。

わたしは、昭和五十五年（一九八〇）に日本近代文学館から出た復刻版の『沙羅の木』で、この本を読んでいる。扉には右から横書きで「沙羅の木」とオレンジ色の筆記体で刷られている。その下に「詩集」と活字右から横書き。その下に小さい円形の装画（黒船らしい）があり、その下に「森林太郎著」（これもオレンジ色）、最下部に「東京・阿蘭陀書房」（これは黒）と、活字で刷られている。この本は北原白秋の手になる装幀である。

扉をあけると「「沙羅の木」の序」がある。この「序」は、作者自身による『沙羅の木』についての解説である。

詩は一篇一首が「全きもの」を做《な》してゐれば好い。それが前後の隣と並んだ処で、調《てう》の通ふ所があれば益《ますます》好いが、必ずしもさうでなくても好からう。

詩人の読者に望む所は、巻を開いて一篇一首を読んで、さて巻を閉ぢて貰ふことである。前をも顧みて貰はぬ方が好い、後をも見わたして貰はぬ方が好い。詩の植字を疎にして、多く空白を存ずるのは、これがためである。贅沢ではない。

著者は、こう序文を始めている。読者への〈詩の読み方〉についての要望である。それも、詩を読む人なら同意したくなるような要望である。ここまでのところを現代語訳してみる。「詩は一篇の詩一首の短歌だけで、自己完結していればいい。それが前後に隣り合っていたところで、お互いに隣りの詩や歌と調和していればそれにこしたことはないが、そうでなくてもかまわない。詩人が読者に希望することは、詩集を開いて一篇か一首かを読んだら、本を閉じてしまうことである。その一篇の前にある作品や後の作品を見てもらわない方がいい。詩の活字の組み方が（散文とは違って、字と字の間をあけたり行分けをしたりして）すきまがあり、空白部分が多いのはそのためなのである。ぜいたくに活字をつかっているわけではない」

こんな風のことを言っている。大切なところは、一篇の詩や歌の、その一つずつを〈全きもの〉、それだけで完結するものと思って読めということだ。わたしは、なかなか、いい忠告だと思うが、つい続けて前後左右を見てしまう。いくつかの作品をつづけて読んでしまう。そして前後の作品を結びつけて、「関係」を考えてしまう。その関係を考えることが、文学史家や、解説家や評伝作家のすることであった。わたしたちは、そういう関係の考察を、詩を読むたのしみの一つにして来た。だとすると、鷗外が「序」の冒頭でこう言ったのは読者へ痛棒をくらわせたことになるのだろうか。

作者は、その一篇一首に、そのときの全力をふるって完成させようとしている。それはまことにその通りだ。作者の気持になって一篇一首に立ち向かえ、というのももっともなのだが、この矛盾はどう解したらいいのだろうか。

「序」の次の部分は、この本の構成についての作者の解説である。

「沙羅の木」は訳詩、沙羅の木、我百首の三部から成り立つてゐる。此三部は偶然寄り集まつたもので、其間に何等の交渉もない。

訳詩の初はドイツの抒情詩で、中はスカンヂナキアの物語で、末は「うたひもの」である。

一冊の詩集の中に訳詩と創作詩と短歌が一しょになっている。作者はこのことを「偶然寄り集まつたもの」と言いその間に「何等の交渉もない」と言っている。考えてみれば不思議な言い分である。前作の『うた日記』では短歌、俳句、長歌、五・七調多行詩、漢詩を集めて一冊にした。文語定型の詩と漢詩の集まりで、各詩型を併用していたが、お互いの間に、「交渉」はあった。『沙羅の木』の訳詩と創作詩と短歌は、それぞれ別の日に別の場所に発表されている。訳詩集一冊、創作詩集一冊、歌集一冊として出版されてもいい筈である。同時代でいえば『赤光』（斎藤茂吉）は歌集だし『邪宗門』（北原白秋）は詩集、『海潮音』（上田敏訳）は訳詩集として出版されていた。

「偶然寄り集まつた」のではなく、鷗外がこれらを寄せ集めて一冊にしたのである。当然、一人の人間が詩人であり歌人でもあり訳者であってもいいのではないかという主張があったと考えられる。

ここでちょっと現代に話を移してみよう。

二〇一三年の「現代詩手帖」九月号は、「特集　詩型の越境」と名付けられて、自由詩と短歌と俳句の三つの詩型の〈境（界）〉は、なかなか越えることのない高いものと考えられた。そもそも近代文学史、現代文学史では、定型詩と自由詩とは異質の世界に住み続けて来たという認識である。ところが、最近、わたしのように『岡井隆歌集』『岡井隆詩集』（ともに現代詩文庫　二〇一三）を出版し歌人であると同時に詩人とみとめなければならない人間が出て来た。さらに『ヘイ龍《ドラゴン》カム・ヒアといふ声がする（まっ暗だぜつていふ声が添ふ）――岡井隆詩歌集２００９－２０１２』（思潮社　二〇一三）という本を出した。それを契機として「現代詩手帖」は「詩型の越境」というテーマ（コンセプト）のもとに詩人・歌人・俳人たちを動員してさまざまな作品や評論、対談を並べたのであった。

むろん約百年前の鷗外の『沙羅の木』の多ジャンル混合と、現代の「詩型の越境」とを単純にくらべるわけにはいかないのはよく判っている。

だが、錯覚してはならない。わたしたちが鷗外の小説としてよく知っている「青年」「キタ・セクスアリス」「雁」などの現代小説にしても、「山椒大夫」をはじめとする歴史小説にしても、実は、『沙羅の木』の多くが書かれた後の仕事だったということだ。つまり、日露戦争から帰還した鷗外が『うた日記』に引き続いて、一番最初に手がけたのは詩歌だったということだ。そしてそのとき鷗外は、短歌と創作自由詩と訳詩を、一つの意図をもって一冊の『沙羅の木』のうちに並べたと思ってかまわないだろう。それは詩型の間の境を越えて行なった行為ではなく、ごく自然に、幼少時よりの教養によって行なわれたものであった。それと同時に、明治三十九年から大正四年（一九〇六―一九一五）にいたる十年間の、さまざまな試行を、一冊のうちに集めて世に示したという積極的な編集・出版の行為だったと考えてよいのだ。

近現代詩史の発端の時代に試みられた『うた日記』や『沙羅の木』と詩史の約一世紀後の現代（詩壇・歌壇・俳壇等がはっきりと区分され、別世界をつくってしまっている現代）とでは、その意味がこんなに違ってしまっているのか。それでいて詩型の混在という事実だけは変らないとはなんなのか、あらためて考えさせられることである。

創作詩の冠頭に置かれ、タイトルともなった「沙羅の木」を読んでみよう。明治三十九年九月一日発行の「文藝界」五巻九号に載った。

沙羅の木

褐色《かちいろ》の根府《ねぶ》川石《かはいし》に
白き花はたと落ちたり、

ありとしも青葉がくれに
見えざりしさらの木の花。

根府川石は「神奈川県小田原市根府川に産する板状節理のある輝石安山岩。板石・石碑などに用いる」(『広辞苑』)。褐色は濃い紺色。沙羅の木を詩では「さらの木」と書いている。いわゆるナツツバキの木で十メートルに達する喬木で、花は六月ごろ、咲いて、あっさりと散る。四行の詩。各行、五・七調。ローマ字に書いてみると、次のようになる。

KATIIRONO NEBUKAWAISINI
SIROKIHANA HATATOOTITARI
ARITOSIMO AOBAGAKURENI
MIEZARISI SARANOKINOHANA

読んだときに意識しなかったが、一行二行三行の行末が、NI、RI、NIとイ母音で脚韻風に響き合っている。更にそのイ母音は、第四行の上の句(SI)に響いて行っている。なお、この詩の頭は、KAというア母音語ではじまって、詩の末尾の「さらの木の花 SARANOKINOHANA」というア母音の多い詩句と呼応する。

詩の意味するところは、濃い紺色の敷石の上に、今まで青葉にまぎれて見えなかった白い花が、あっというまに、高い木から散り敷いているというだけのことだ。これを象徴詩だという解があるので、それに従って思えば、これは単なる、眼に見たものを写生した即興の詩詠ではない。落ちてこそ（死してこそ）、はじめて気付く花がある。それも背景に褐色の敷石があってこそ、はじめてあざやかにその存在に気付くということなのである。それらが、ア母音の頭韻風の扱いと、イ母音の脚韻風のあしらいによって、こころよい響きと共に歌われているのである。なお「根府川」のような地名——それも「ぶ」という濁音が目立つ単語——が、異物として、よく効いていて、詩の重石《おもし》になっている。

象徴詩として、つまり、石や花やを寓意のあるものとして解いてみたが、もちろん、これを庭の景色をみつめて作った即興の詩として読むことも自由である。目に見えた庭の景色をさわやかな韻律にのせて歌ったととる方を好む人もいるだろう。

『沙羅の木』の創作詩の中では、昔からわたしの好きだった詩に、四番目に置かれた「雫」がある。次のような、わかり易い詩だ。

雫

寒き雨電車を籠《こ》めつ。

ゆきかひに線《いと》きしろへば
迸る青き火二つ。

人いきれくもるガラスを
まじろかでしばしまもりぬ。

窓面《まどつら》の雫小紋《しづくこもん》の
二つ三つ寄りては流る。

わが思《おもひ》そこはかとなく
浮び来るやがてぞ消ゆる。

鐸《すゞ》は鳴る神田須田町。

電車は市電（後の都電。昨今、復活の噂が立ったり消えたりする路面電車のこと）。軍服を着、軍刀を持って朝の市電で陸軍省へ行く鷗外の姿を車中に置いてもいい。「籠む（かくす）」とか「きしろふ（ひしめく）」「まもる（見守る）」といった死語化した動詞は五・七調の定型意識がよびよせたものだろう。

この詩は、即物的なリアリズムとうけとる外あるまい。ただこの車中の人物を、誰と考えるかで、解釈は大きく変るだろう。

第四章　鷗外の〈豊熟の時代〉とその作品二、三

鷗外の文学の「豊熟の時代」（木下杢太郎）の動因を探り、その作品「プルムウラ」（一幕物の戯曲）、「杯」（小説）を解説する。

鷗外が、日露戦争から凱旋したあと、明治四十二年（一九〇九）から大正六年（一九一七）までのあいだの、木下杢太郎が「豊熟の時代」と呼んだ時期の文学活動の動因については、杢太郎の説があって、よく知られている。これを、今、『森鷗外』（生松敬三著）を参考にしつつ、素描してみよう。

実はわたしは、諸家の鷗外論の中で、この生松の、一九五八年に、東京大学出版会から出た本の文体・論調をひそかに愛していて、折にふれて読んで来たのだ。

さて、動因の一はライバル夏目漱石の活動である。

動因の二はいわゆる自然主義文学の興隆である。これは敵の出現である。

動因の三は、雑誌「昴（スバル）」の創刊である。これは自前の発表機関の創設だ。

動因の四は、雑誌「歌舞伎」の存在だ。これは、弟の篤次郎が明治三十三年（一九〇〇）に創刊した雑誌であるが、篤次郎が明治四十一年（一九〇八）に死んだため、鷗外がその後を引きうけて、戯曲の翻訳や梗概を、毎号載せることになった。

動因の五は、明治四十年（一九〇七）に、鷗外が軍医総監（これは身分である）陸軍省医務局長（これは、官僚としての職名だ）になったため「まはりに遠慮や気兼をすることなしに、自分の思ふままに振舞ふことが出来た」（木下杢太郎「森鷗外」一九三二）という、事情である。

生松は、「その軽重はともかく、ほぼ以上五つの要因が作用して鷗外の活動を再開せしめるに至ったと見て大過ないであろう」と言っている。ここで余計なことを言うと、生松は一九二八年東京生まれの人で東京大学哲学科を卒業している。つまり、わたしと同年であり、この『森鷗外』を刊行したのは、生松三十歳の時である。

さて、鷗外の「豊熟の時代」の五つの動因であるが、これはあくまで、外部的な条件である。鷗外の内なる「動因」を探るためには、作品の一つ一つに当って考えるしかない。

鷗外は、なぜ『沙羅の木』や、観潮楼歌会や常磐会（鷗外とその友人賀古鶴所《かこつるど》が発起人となって作った短歌の会で、この会を通じて公爵山県有朋と関係ができた）のような、詩や歌の方へ、手をのばしたのだろうか。

これはもう、鷗外の詩歌好きともいうべき奇癖のためだという外ないのかもしれない。

一幕物の戯曲「プルムウラ」は「スバル」の第一号（一九〇九年一月刊）に載った。だから鷗外の「豊熟の時代」の最も初期の作品である。『鷗外近代小説集』第三巻（岩波書店　二〇一三）によって、解題、解説を見ながら大略のところを述べてみよう。

　この劇の話は西暦でいうと八世紀ごろのことだ。信度国（古代印度の西北にあった）の王女プルムウラはアラビアの将軍カアシムによって父を殺され、ダマスカス（今のシリアである）にあるハーレムに妹の王女とともに俘《とりこ》として連れてこられる。逆境の中、プルムウラは、敵の王に讒《ざん》言《げん》してカアシムを殺させ、父の敵討ちを成し遂げた。彼女には無邪気な妹とは対照的に、嘘をついてでも父の仇を討つという気性の強さと才覚がある。敵の王は「少女と侮って、欺かれたか」と怒り、死刑を言い渡すが、彼女は臆することがない。

「プルムウラ」という劇は、それだけを解説しても面白いリベンジのドラマだが、ここでわたしが言いたいのは、「プルムウラ」の文体についてである。

　鷗外自身「脚本「プルムウラ」の由来」を書いて詳しく原典について述べているが、その文末に来て次のように言っている。

　文体は種々考へたが、今日時代物を書くには普通どういふ風に書くといふ極《きま》りがない。西洋なら韻文で韻を踏まない自由句に書くとか、又散文に書くにしても大抵極りがある。それがないのだから随分苦しい。殊に外国の昔を書くとなると苦しさは一層である。〔中略〕そこで今度は今までの浄瑠璃にあるやうな七五調の大部分を占めて居る文で書いて見た。これも書いてしまつて見ると感心しない。嫌に古めかしい様な感じがする。

鷗外は、前例のない仕事をする前衛の立場にたってあれこれ模索している。結局書き直すひまもなく発表する。「これも一つの試みだと承知して貰ひたい」ということになった。「プルムウラ」の文体を直接見てみよう。その、プルムウラ姫が、敵王に、復讐の事実を告げるくだりを引いてみる。

姉。(気色変りて王の前に立つ。)笑止や、カリイフア〔カリフ。回教国の国王〕。三歳《みとせ》の前にカアシムが、妾《わらは》に対して無体を言ひ掛け、汚《けが》れた此身をおん身が兄に献じたと云うたのは、跡形もない偽《いつはり》ぢや。又と獲難《えがた》い良将を、不便ながら殺させたは、国の為め家の為め、重なる怨《うらみ》に報いたのぢや。

算えるまでもないが、あまりきっちりと七・五調をとっているわけではない。「三歳の前にカアシムが」は七・五であるが、「妾に対して無体を言ひ掛け」は八・八である。その次は八・七。五・五。次の「跡形もない偽ぢや」は七・五である。以下、七音と五音に近い音が使われていて、一種の音数律文にはなっている。つまり、「プルムウラ」は、文体の上から言うと、五・七調及びその変形《バリエーション》をもとにした、詩劇になっている。

その点では、前に示した「沙羅の木」（『沙羅の木』の創作詩の巻頭にある詩）の「褐色《かちいろ》の根府川石に／白き花はたと落ちたり」の七・五調と、いわば同列である。

今一つの例を挙げる。それは明治四十三年（一九一〇）一月に「中央公論」に載った小説「杯《さかづき》」である。小説として発表されているが、実は、詩に近い形をとっている。

温泉宿から鼓〔つづみ〕が滝へ登つて行く途中に、清冽な泉が湧き出てゐる。

水は井桁《いげた》の上に凸面〔とつ〕をなして、盛り上げたやうになつて、余つたのは四方へ流れ落ちるのである。

青い美しい苔が井桁の外を掩〔おほ〕うてゐる。

夏の朝である。

泉を繞《めぐ》る木々の梢には、今まで立ち籠〔こ〕めてゐた靄〔もや〕が、まだちぎれちぎれになつて残つてゐる。

万斛《ばんこく》の玉を転ばすやうな音をさせて流れてゐる谷川に沿うて登る小道を、温泉宿の方から数人の人が登つて来るらしい。

賑やかに話しながら近づいて来る。

小鳥が群がつて囀《さえづ》るやうな声である。

皆子供に違〔ちがひ〕ない。女の子に違ない。

詩の方で「行分け」という手法があるが、この「杯」で目立つのはそれである。散文なら続けて書いてよいのを、行を分けて書く。一行一行、ゆっくりと次へ進むのである。使われている単語も比喩も「万斛〔はなはだ多量〕の玉を転ばす」などが好例だが、散文よりも詩に使われそうなのが出てくる。

この七人の、十一、二歳ぐらいの少女（友達同士らしい）はおしゃべりしながら「手ん手に懐《ふところ》を捜つて杯」を取り出す。この杯は皆銀の杯で、「お揃で、どれにも二字の銘がある。」「それは自然の二字である。」「自然」すなわち、今流行の、鷗外の敵視し軽侮している日本型自然主義文学の「自然」であって、いわゆる天地自然とか自然態とかいった自然ではない。

この「杯」は、いわば象徴詩風に書かれた「自然主義」批判の、きわめて詩的な、小説なのである。

そこへ、第八の娘があらわれる。少しそこのところも、原文を引用しよう。

第八の娘である。

背は七人の娘より高い。十四五になつてゐるのであらう。

黄金色の髪を黒いリボンで結んでゐる。

琥珀のやうな顔から、サントオレアの花のやうな青い目が覗いてゐる。永遠の驚〔おどろき〕を以て自然を覗いてゐる。

唇丈《だけ》がほのかに赤い。

黒の縁《へり》を取つた鼠色《ねずみいろ》の洋服を着てゐる。

東洋で生れた西洋人の子か。それとも相《あひ》の子か。


日本自然主義を象徴する七人娘に対するに、ハーフらしい娘を出して来ている。西欧文化と近代日本との両方の血をうけついでいる「第八の娘」によって、自然主義にどう対決させようというのだろうか。

第八の娘は、七人娘と違って、銀杯は持っていない。その琥珀いろの手に持っているのは黒ずんだ小さな杯である。七人娘は言う。そんな小さな杯で、この泉の水を汲むのかと軽蔑するように言う。


今一人が云つた。

「あたいのを借さうか知ら。」

愍《あはれみ》の声である。

そして自然の銘のある、輝く銀の、大きな杯を、第八の娘の前に出した。

第八の娘の、今まで結んでゐた唇が、此時始《このときはじめ》て開かれた。

“MON. VERRE. N'EST. PAS. GRAND. MAIS. JE. BOIS. DANS. MON. VERRE.”《〔モン ヱエル ネス パア グラン メエ ジユ ボア ダン モン ヱエル〕》

沈んだ、しかし鋭い声であつた。

「わたくしの杯は大きくはございません。それでもわたくしはわたくしの杯で戴きます」と云つたのである。

七人の娘は可哀らしい、黒い瞳で顔を見合つた。

言語が通ぜないのである。

第八の姫の両臂《ひじ》は自然の重みで垂れてゐる。

言語は通ぜないでも好《い》い。

第八の娘の態度は第八の娘の意志を表白して、誤解すべき余地を留めない。

一人の娘は銀の杯を引つ込めた。

自然の銘のある、輝く銀の、大きな杯を引つ込めた。

今一人の娘は黒い杯を返した。

火の坑から湧き出た熔巌の冷《さ》めたやうな色をした、黒ずんだ、小さい杯を返した。

第八の娘は徐《しづ》かに数滴の泉を汲んで、ほのかに赤い唇を潤《うるほ》した。


「杯」という小説は、日露戦争から帰って来た鷗外が、たくさんの小説の一番初期に書いた、小説というより、散文詩といった方がいい短篇である。しかし、そこには、なみなみならぬ覚悟で、日本自然主義の流行に対抗しようとする意図がみられる。ここで、泉の水とか杯がなにを比喩しているのかは、読者によっていろいろな解がありうるだろう。しかし、この短篇は、『沙羅の木』の中の詩よりも、もっと露骨に、鷗外の思想を表明している。

「スバル」の初号に載った鷗外の戯曲「プルムウラ」は、「スバル」の青年たちを刺激した。木下杢太郎の「南蛮寺門前」にしても鷗外からうけた影響下に出来たものであった。その鷗外の「プルムウラ」は、「七五調の大部分を占めて居る文体」で書かれた試作品であった。

また、鷗外の「豊熟の時代」のさきがけのように書かれた「杯」という短篇は、行分けのくっきりとした、散文詩の文体で書かれていた。その内容も、七人の娘の杯、第八の娘の杯だけでなく、泉の水も、すべて象徴味を帯びて書かれていて、サンボリスム（象徴主義）の詩のようだったのを思うのである。

そして「わたくしの杯は大きくはございません。それでもわたくしはわたくしの杯で戴きます」というのは、鷗外の文学のこれからを指し示す思想の宣言といってもよかった。

わたしは、『沙羅の木』のクラブントの訳詩「泉」を思い出している。

第五章　グルックのオペラ「オルフェウス」について考える

鷗外のいわゆる「うたひもの」の一つ「オルフェウス」について考える。「うたひもの」は『沙羅の木』の訳詩の中の一つである。

『沙羅の木』の訳詩には「うたひもの〔オペラのこと。鷗外はオペラをこう呼んだ〕」がある。二つあるうち「長くて前にあるのはグルツクのオペラで、これは従来日本人の手で興行せられたことのある唯一の楽劇である。私はこれを書く時、始て「逐音訳」を試みた」（「沙羅の木」の序」）。

この「序」のうしろに、「オルフエウス」という短文がついていて、「逐音訳」というものの実態が書かれているのだが、それより先に、やはり「オルフェウス」とはどんなオペラか、オペラに詳しい人には無用だろうが、説明して置いた方がいいだろう。こうしてあれこれと読みながら、わたしにもぼんやりと見えてくるものがあるのだ。

「明治三十五年（一九〇二）、日本で最初のオペラ全曲上演が、上野〔東京〕の奏楽堂でおこなわれた。その記念すべき作品は、グルックの『オルフェとエウリディーチェ』であった。竪琴と歌の名手オルフェウスが、音楽と愛の力によって、冥界から妻のエウリディーチェを連れ戻すという《オルフェウス伝説》は、紀元前七世紀頃から存在するのだが、不思議なことに、日本ばかりでなくヨーロッパでも、劇音楽史の要ともいう時期に必ず取り上げられている。つまり、楽譜が現存する最古のオペラ（一六〇〇年、史上第二作目）、オペラ改革の第一作（一七六二）などをたどっていくことによって、興味深いオルフェオの系譜ができあがるのである。（この時にヒロインの百合姫（エウリディーチェ）を歌ったのが、三浦環である）」

この解説は『オペラの饗宴』（洋泉社　一九九〇）の関根敏子の文から拾った。同書によると「オルフェウス伝説」とは、「竪琴と歌の名手オルフェオは、音楽と愛の力によって、冥界の王から妻のエウリディーチェを地上に連れ戻す許しを得るが、後ろを振り向かないという約束を破ってしまう。永遠に失われたエウリディーチェをなおも慕うオルフェオを無視されて怒るトラキアの女たちが八つ裂きにする」といったものだ。

鷗外の「オルフエウス」という短文自注は、こう始まっている。

先頃私は雑誌我等にオペラの脚本オルフエウスの訳稿を出した。次いで九月（一九一四年）の同じ雑誌に又同じ脚本の第二訳稿を出した。見る人は定めてどうしたわけかと怪むであらう。私がオルフエウスを訳することになつたのは、国民歌劇協会の依嘱によつたのである。さて私は初に所蔵のライプチヒ興行本を土台にして書いた。これは一八八五年六月二十一日の夜左の如き役割〔あとに登場人物名と役者名が示してある〕で演じたのを、私が聴いた記念である。鷗外は、ライプチッヒ留学中にこのオペラを観て、台本も買入れていた。留学中の大切な記憶が、鷗外にこの訳詩をもたらしたのでもあった。

さて出来上がつて協会に送つたところが、現に協会で用ゐてゐる楽譜に合はないさうであつた。其楽譜を私は取り寄せて見た。なる程、彼と此とは広略頗《すこぶ》る趣を異にしてゐて、合ふ筈がない。

私は協会で用ゐてゐる楽譜を借りて、別にそれに合ふやうな訳文を作つた。即ち私の第二稿である。〔『沙羅の木』に収められているのは、この第二稿である〕

ここでいう「逐音訳」ということについてであるが、鷗外の説明は次のごときものだ。

私は第一稿でも第二稿でも、大体に於いて原詞の一つづりを一音にした。唯破格は所謂間投詞を以て起る詞で、唯一つの原音が「あな」とか「あはれ」とか云ふ数音になつてゐる位のものである。私の翻訳はいつも伸びると云つて冷かされる。それは原文の意義を悉くあらはさうと努めたるために伸びるのである。併しこん度は伸びもせねば縮みもしない。其代りには原詞の意義は僅に要を摘むに過ぎぬことになつた。其繁簡の差は随分甚しい。

第二稿では、私は韻語としての句に拘泥せずに、縦に続けて書き流すことにした。これは謡ひものとして、句ごとに行《ぎやう》を改める必要がないからである。

私の訳文には、大分楽譜の「節《せつ》」で語が切れずに、「跨《またぎ》」になつてゐる処がある。これは詩の句と句との間の跨に似たものである。原詞はドイツ文とフランス文とが重ねて書いてあるが、どちらにも沢山跨が用ゐてある。訳文に比べて見れば、原詞の跨が余程大胆になつてゐる。しかしその大胆らしい原詞の跨は謡ひ易く、私の訳文の跨は謡ひにくいかも知れない。果して然らばそれは私が謡つて見ることが出来ぬからである。追つて協会の人々に尋ねて、直されるものなら、直すこととしよう。

昔、日本でも、一九六〇年代ぐらいまでか、藤原歌劇団の公演では、日本語の訳詞でオペラが歌われていたのを想い出す。あれは右に書かれたような鷗外流の苦心の末に作られたものだったろう。今はすべて原詞で唱われて、その日本語訳がテロップで流れる時代である。

実はこのオペラ「オルフェウス」は明治三十六年（一九〇三）にも東京音楽学校の学生達による自主企画公演が行われているが、「上演の際の音楽がラファエル・ケーベルによるピアノ伴奏に過ぎなかつた」（小堀桂一郎『森鷗外』による）ということであって、鷗外訳によるこのオペラの上演は、台本完成後九十一年も後の平成十七年（二〇〇五）だっという、感動的なエピソードを小堀が紹介している。

「オルフエウス」の一部を引用して置こう。

オルフエウス〔独唱《アリア》　第一幕〕

去れ。去れ。歎《なげき》よ。くづをるべしや。をゝしくあらむ。危さ避けじ。去れ。去れ。歎よ。くづをるべしや。をゝしくあらむ。危さをば避けじ。黄泉《よみ》に、いで、入らむ。仇恐れめや。群《む》るる仇よ。くづをるべしや。群るる仇よ。去れ。去れ。歎よ。くづをるべしや。をゝしくあらむ。群るる仇、仇よ。去れ。去れ。歎よ。くづをるべしや。をゝしくあらむ。危さ避けじ。黄泉に、いで、入らむ。いでや、入らむ。仇恐れめや。群るる仇よ。くづをるべしや。群るる仇、仇よ。

歌群〔コーラス　第二幕〕

生けるながら、黄泉に来《こ》しは癡《おぞ》のものや。恐《おそれ》知らで来《き》つるよ。

わたしはこれが歌われる場面を今空想している。

第六章　「オルフェウス」について、また歌劇について考える

鷗外にとって、また当時の日本人にとって歌劇（オペラ）とはなんだったのか。「オルフェオとエウリディーチェ」を聴きながら考える。

鷗外が『沙羅の木』の中で訳している「うたひもの」は二つある。一つは「グルックのオペラで、これは従来日本人の手で興行せられたことのある唯一の楽劇である」（「『沙羅の木』の序」）。これを鷗外は「オルフエウス」と呼んでいた。

わたしはナクソス版の「歌劇『オルフェオとエウリディーチェ』」（一七六二年ウィーン版）を買った。もう一つはベーレンライター出版の楽譜を買った。楽譜の方は一七七四年パリ版の草案となっている。ドイツ語とフランス語の歌詞がついているので、鷗外の訳文と照会することができる。

わたしはこのごろ、このナクソスのCDをくり返し聴いている。聴けば聴くほど不思議なオペラである。それは、わたしが、ヴェルディ（たとえば「椿姫」）とか、プッチーニ（たとえば「蝶々

夫人」）とか、あるいはワーグナー（たとえば「トリスタンとイゾルデ」）のような近代オペラと比べて聴くからでもあろう。

第一に、このオペラは登場人物が少い。鷗外は「序」の中で、昔ライプチッヒで観たこのオペラの配役を書いているが次の如くだ。

Orpheus　Fraeulein Papier
Eurydice　Fraeulein Martin
Amor　Fraeulein Metzler-Loewy

三人共にフロイライン（令嬢）つまり女性であり、つまりオルフェウス役も女性なのだ。エウリディーチェは、第二幕になって初めて登場するのだから、一幕は、オルフェウスを演ずる人の女声と、愛の神〔Amor《アモール》〕の女声、そしてコーラスだけで進むのである。

近代オペラであると、男役はテナーかバリトンかバスで、女役のソプラノやアルトと、まぎれもないから、声からでも対立しからみ合う様が聴かれる。もち論舞台上でもそれが明らかに見てとれる。そこが、グルック（一七一四―八七年）のは違っている。

ところが、くり返しCDを聴いているうちにだんだん慣れて来たとみえる。快い音楽として聴けるようになった。筋というほどの筋がなく、オルフェウスの歎きが、純化されて伝わって来るようになった。「オペラの改革者グルックの代表作の聴きどころはずばり、序曲以下、高貴な悲劇性に満ちた音楽の素晴らしさに」あるという、CD版の解説が、だんだんわかって来たのである。

一体、オルフェウスとは何者で、何歳ぐらいの男で、その妻のエウリディーチェは、どうして夫より早く亡くなったのであろうか、などといったいきさつについては、このオペラでは簡単にとばしてしまって、第一幕の冒頭からコーラスは、エウリディーチェの居ないことを歎き悲しむオルフェウスの涙を歌っている。

それもそのはず、西欧の、ギリシャ神話がよく知られている国々では「オルフェオとエウリディーチェ」の物語は、周知のお話なのである。ためしに『ギリシャ神話、英雄の時代』(カール・ケレーニイ、植田兼義訳　中公文庫　一九八五)を覗いてみると、文庫本で約一〇頁にわたり、オルペウス(ここではオルペウスである)の物語が解説してある。最初から「われわれは、不思議な歌人で竪琴弾きのオルペウス抜きにアルゴ船(人類が最初に造ったといわれる大船で、アルゴにのって金の羊毛を求めに赴いた英雄たちのことをアルゴナウテースという)を思い浮かべることはできない」と、ケレーニイ(一八九七年ハンガリー生まれ。古典文献学者)は言っている。ケレーニイは、オルペウス神話のさまざまな異説をくわしくのべているが、これでみると、エウリュディケ(エウリディーチェ)は、オルペウスとの婚礼ののち間もなく毒蛇に足を嚙まれて亡くなっている。そのことにも、オルペウスの恋仇がからんでいたようである。そうした神話物語は、われわれ日本人にとっては耳うといかもしれないが、『古事記』『日本書紀』『風土記』などに出てくる日本神話について、われわれ日本人がいつとはなしに、それこそアニメ物語を通じてでも、何となく知っているように、西欧人にとって常識となっているのであろう。

だからドラマの最初から、

歌群〔コーラス〕

この小《を》暗《ぐら》き森に、エウリヂケ、汝《な》が影墓の辺《へ》にゐば、聞けこの歎《なげき》を。涙を、涙を見よ。流す涙を。棄てられし夫《つま》の泣くを。哀《あはれ》と見よ。傷《いた》ましと見よ。亡《な》き汝《いまし》帰り来《こ》。いたつきに悩めり。来《こ》よや。来《き》て救へかし。

といった具合に始まっても、なんの不思議もないのであろう。右に挙げた鷗外の訳文と照合するために、ドイツ語の原文を写して置く。

Ach, in dem Hain, so still und dunkel, Eurydike, wo dein Schatten, wo dein Schatten
uns umschwebt, nicht verschließ dich den Trauertönen, hör die Klagen, sieh die
Tränen, sieh die Tränen, die wir weinen um dich!
Lindre den Schmerz des unglücksel'gen Orpheus!

このコーラスの間に、オルフェウスの「エウリヂケ」という叫び声が挟まれている。鷗外の訳文は、わかり易いから現代文にする必要はないかもしれないが、一応、現代文に書き直してみる。

「この小ぐらい森に、エウリヂケよ、お前の影が墓のそばにもし居るなら、この歎きの声をお聞きなさい。そしてこの涙をごらんなさい。流す涙をごらんなさい。お前の棄てられた夫の泣くのを、かわいそうだと思ってごらんなさい。いたましいとごらんなさい。今は亡きお前よ、帰っておいで。そして心労のため悩んでいる夫を、来て救ってやって下さい」

といったところであろうか。はたしてこの鷗外の訳文が、曲にあわせてうまく感情を出して歌えたものかどうかは、実際に聴いてみないとわからないだろう。

小堀桂一郎の『森鷗外』が伝えるように、鷗外の訳の台本による「オルフエウス」の上演は、二〇〇五年九月十八日、十九日両日、東京芸大の奏楽堂で行なわれたというから、おそらくそのDVDまたはCDも残されているに違いない。更に二〇一二年十月二十八日には再演も行なわれたとのことだ。ぜひこのDVDを見、CDを聴きたいものだと願うのである。

「明治三十六年（一九〇三）に東京音楽学校の学生達が自主企画として『オルフエウス』を奏楽堂で上演したことを鷗外は知つてゐた」と小堀は書いている。しかし、鷗外が直接これを観たのかどうかは書いていない。鷗外の『日記』には、明治三十六年は欠けているので、確かめることはできない。

この学生たちの自主公演の「歌詞訳出を担当したのは近藤朔風他のドイツ語を扱へる帝大の学生達数人であつた。訳詞の出来は別として、上演の際の音楽がラファエル・ケーベルによるピアノ伴奏に過ぎなかつたことで森はこの上演にあき足らぬ思ひを懐き、「歌劇のことども」（明治三十九年十一月『音楽新報』所掲）」を書いたと小堀は言っている。この口調だと、鷗外は、学生たちの演奏を、単に知っていただけでなく、聴いたようにも思えてくる。

鷗外は「歌劇のことども」で、次のように言っていた。

我国にも歌劇の起り来らんとするは嬉しきことなり。我等歌劇につきて論ぜしは既に十年の昔となりぬ、今より思へば一と昔のことなれど今この反響あるは誠によろこばし。

十年前といえば「三人冗語」（明治二十九年）とか「雲中語」（明治二十九、三十、三十一年）のころのことだろうか。鷗外が、留学より帰国後一貫して歌劇に興味をもっていたことがわかる。

我国の能楽は人物いと尠〔すく〕なくて、舞台のおもても自ら淋しけれどオペラは実にうつくしきものなり、合唱《コーラス》の如きも多く舞台に上りし優人〔俳優のこと〕に依りて歌はれ、楽屋にて合唱するなどはあまり無きようなりき。合唱の人々も同じく優人にて舞ひかつ踊りなどしつゝ合唱はするなり。

こういうくだりなどは、かつてドイツ留学中に観たオペラを想起しながら書いているように思える。

鷗外が、一八八五年（明治十八）六月二十一日、ライプチッヒで「オルフェウス」を観たことが、『沙羅の木』の「序」には書かれている。「独逸《ドイツ》日記」を調べてみると、この日の記載はない。当時二十三歳の鷗外は、西欧の文学にはまりこんでしまっていたが、このころから、ギリシャ悲劇も読みはじめている。あるいはそれは、「オルフェウス」観劇の余波だったかもしれないなどと空想するのだ。

オオルフフオイスの如きはオペラとしては誠に登場人物のすくなき方にて、あの如く舞台のさびしきは他に例なしと云ひて可ならんか。

などという発言は、どううけとったらいいのだろうか。

それなのに、鷗外の訳出したのは、その「オオルフフオイス」（「歌劇のことども」では、オオルフオイスと言っている）だけだったのであった。

歌劇の伴奏としては勿論、管絃合奏《オルケストラ》なり、ピヤノの如きはあまり用ゐぬようなり、歌者は何れの国も同じく声のよき歌ひ方のうまきは概《おおむ》ね顔うつくしからず、顔のうつくしきは声よからず、誠に歌劇の優人を得るは難中の難事なりかし。バレット〔バレエ〕踊る婦人などもこれと同じく踊の上手はおもて見にくゝ顔よきは技まづきなど是非なきことなり。

鷗外は、こんな正直な観察も言いそえている。現代は、美容術、美容整形術その他のせいもあるだろうし、一般に顔美しくして声のうるわしい「優人」がたくさんいることは誰しもみとめるところだろう。しかし、鷗外の言うところは、一般論としては、「天は二物を与えず」という真理として通るのであろう。

歌劇は亡国の美術など云ふ人さへあるほどなれば、よろづに贅沢なること云ふも愚かなり、唯見る人の目くるめき気もそゞろなるほどなり、げに歌劇は美術中の最も贅沢なものなるべし、去れど観るほどの人、いと高価なる一夕の夢をつゆ惜しとも思はゞこそ、名だゝる歌劇の開かるゝをりなどは一と月前ならでは一つの椅子すら求むる能《あた》はざるは、さすがに西洋なるべし。

こうした感想も、また、なおまだ「普請中」の明治日本に住みながら、留学中に観たオペラのことを回想しているのだと思える。それから百年もしないうちに、この日本が、次々に西欧よりオペラをよんで来て、高額なチケットを争って求めるようになるとは、鷗外は夢にも思わなかったに違いない。

　ワグネル、バイロイトに理想の劇場をつくり、またく〔全く〕文芸の趣味解する芸術の士をのみ其《その》顧客になさんとて、先づ第一回の興行を試みしに、来るもの来るもの、身には価高き宝玉を是《こ》れ見よがしに着飾り、でぶ〳〵ふとりし商人や是れに随へる卑しき女などの大部分を占むるに、先づワグネルの失望する前に、同じく座にありしニイチエの、とても其の座に居堪へず〔いたたまれず〕半ばにして帰りけりとか。げに文士など云ふものに過大の旅費と観劇料とを払ひてバイロイトまで行き得る人などあり得べしとも思ほえず、理想と現実とは此の様のことまでも一致せぬものと覚ゆ。我国の国立劇場など云ふも、かゝるたぐひにはあらずや。

　相当の偏見と、差別語をもって語られているが鷗外の言うところは、たしかに一部当ってはいる。しかし、わたしなども、一度はバイロイトへ行ってワグナーを聴いてみたいと思う俗人の一人であって、それも今では日本だけでなく全世界から、バイロイト詣でをする人が多いときく。予約は何年間かもう埋められているともいうではないか。鷗外は、西欧からとりよせた新聞雑誌から、ニーチェのエピソードを拾って紹介したのであろうが、そのニーチェ（一八四四—一九〇〇年）は、もうこのころ、狂気のはてに死んでいたはずだし、ニーチェが果たしてバイロイトのワグナーをどう思ったかは、また別の問題だろう。

トルストイは大の歌劇嫌《きらい》なり。ワグネルのニイベルンゲンを観て口さがなく罵しりしは、あげて彼の芸術論にあり。曰く「歌劇なぞ何んになる」と。しかし何んにならなくとも歌劇は歌劇にてよかるべし。

これはトルストイへの「小気味よい反論」（小堀）なのだろうか。本論を通じて、鷗外は、オペラが日本に根づくことを願いつつ、その反面で、少しく違った感情も抱いていたのではないか。

我国の神話、口碑などにも歌劇の材料はいと多かるべし。追々此の方の盛んになりゆくはよろこばしきことなり。美くしき歌劇など次々に世に出でば芸苑の活気もひとしほなるべきか。

これが、この「歌劇のことども」の結語であった。林光のように、日本の物語の日本語によるオペラを試みて来た人は多いが、どういうものか、盛んにはならない。日本語とオペラの相性のわるさにもよるのではあるまいか、などと考えてしまう。

第七章　ビョルンソン「鷲の巣」を読む
付 テルツァ・リーマについて

ビョルンソン「鷲の巣」を読む。併せて、西欧の定型詩・押韻詩「バラッド」「テルツァ・リーマ」について考える。

『沙羅の木』の訳詩の中にビョルンソン（一八三二―一九一〇年、ノルウェーの作家）の「鷲の巣」が出てくる。

鷗外は、『沙羅の木』の「序」で次のように言っている。

スカンヂナキアの物語は素《もと》ビョルンソンの散文である。彼国にあるバラアドの体《てい》にふさはしいと思つたので、ふと改作して見た。厳密に言へば、これは訳ではない。作である。

これはおもしろいと思って読むと、四行一連の詩の形をとっている。音数律は各行とも五・七調である。たしかに物語詩である。

鷲の巣

山川を挾む小村は、　五・七　第一連
麦秋の晴れたる朝も、　五・七
岩壁の日を遮りて、　五・七
ひむがしの麓小暗《をぐら》し。　五・七

と始まる。村始まって以来「西山の岩はな高く」荒鷲の巣があった。村人の関心は常にこの鷲に集まっていた。というのも鷲の餌は猪の子や山羊の子であり、遂に人の子も鷲に食われるようになったからだ。昔、古き世には勇敢な人があって、鷲の巣をこわしたという伝説もあったのに、当節そういう人も出て来ないしなあと、村人が嘆いていた。

ところがそこへ、一人の男があらわれて、鷲の巣を破壊することをくわだて、一歩一歩岩をのぼり始めた。年のころ二十ぐらいで婚約した女の子もいたのだ。

岩壁はいよいよ険し。　第十一連

手一つに身を吊《つ》れるまま、
もろ足は岩のすきまを、
あちこちと、しばし尋ねつ。

村人は皆、はらはらしながら仰ぎ見、婚約者の女の子は「苦しさの声をしぼりぬ。」だった。ところが、若人のつかんだ岩が崩れ、見守っていた村人が「あな」と叫ぶ中、若人は岩壁の下によこたわる「尸《かばね》」となってしまった。

第十九連

舁《か》き上ぐる尸に近く、
髪白き翁、とひ寄り、
杖の上にもろ手かさねて、
もろ人に向ひていはく。

第二十連

あはれなる此《この》わかうどは、
身の程を量《はか》らざりしよ。
しかはあれど、人の力の
たはやすく及ばぬきはに、

鷲の巣の懸かれるは好し、
鷲の巣の懸かれるは好し。

と終るのである。

この訳詩の初出は明治三十六年（一九〇三）一月一日「心の花」（六巻一号）である。つまり、日露戦争後に出た『沙羅の木』の諸篇の中で、この一篇だけが、戦前に発表されているのだ。それを、なぜ戦後になって編まれた本に、わざわざ、この謎めいた「バラアド」を加えたのか。バラッドは、フランス中世の短詩型で、多くは数連から成り、各連の後に半連の折返し（リフレイン）があるのだが、鷗外は、今も一部引用したように、第十九連まで四行詩句をつらね、第二十連の最後に二行（半連）のリフレインを置いている。訳詩ではあるが、「作（創作）」だと言ったのは、こうした形で、ビョルンソンの散文を、バラッドに仕立てたことも含まれていよう。

ここで、村人をかりに日本と解すれば、荒鷲の国（民族）を想定することができる。身を捨てて荒鷲を滅ぼそうとした若人。それが失敗したあと、「人の力の」簡単には及ばないあたりに荒鷲の巣があるのはいいことだとは、なんの諷刺であろう。

あるいは、そうした政治の話ではなく、自然と人間のあいだの闘争を皮肉ったともとれる。そうした諷刺をバラッド型式に託して歌い、『沙羅の木』の中へそっとしのばせたとは、鷗外の深謀遠慮だったのかもしれないではないか。

次に話すテルティーネ（テルツァ・リーマ）もそうだが、バラッドも、鈴木信太郎の『フランス詩法』（上下二巻　白水社　一九五〇）の下巻に、実例つきで詳論されている。それを読んでいると、人間が詩という表現形式を選んだと同時に、定型詩が、そこにあったという思いにとらわれる。

詩は型と共にあったし、今もある。むしろ自由詩というような思想の方が、二十世紀のモダニズムあるいはシュール・レアリスムと共にあらわれた異型、変種、非正統的な、それだけにまた新しいともいえる詩のあり方だったのではないか、と思われてくるのだ。

わたしは二〇一三年六月から、フランス在住の詩人関口涼子さんと共同詩を始めた。それは「現代詩手帖」に連載されて現在に至った。

以前（二〇一二年春）に関口さんと対談したときにも、一つの夢として話したのだったが、ホフマンスタールの詩法として知られるテルティーネ（ン）「三韻詩」を、わたし自身ようやく、ためしに作ってみることになった。メモを重ねながら、「冬の多様な時間帯に関口涼子を読む――テルティーネンその1」と「検査を待つ数日――テルティーネンその2」を作った。

テルティーネ（ン）は、三行／三行／三行……（n回つづく）プラス一行という定型詩。西田リーバウ望東子さんが、「フリー百科事典　ウィキペディア（Wikipedia）」で調べて下さったものが簡明なので、それを引用してみる。

「テルツァ・リーマ（Terza rima　三韻句法）は、押韻したverse（韻文、詩）のスタンザ（連、詩節）の型式で、三つの連動した押韻構成から成り立っている。最初に使ったのはイタリアの詩人ダンテ・アリギエーリである」

わたしは『木下杢太郎を読む日』で、ホフマンスタールのテルティーネ（ン）にふれつつ、この型式は誰が始めたのか知らない、ホフマンスタールの発明かもしれないなど呟いていたのだが、テルツァ・リーマ（テルティーネ［ン］のこと。リーマはイタリア語で裂け目のことでもあるらしい）の最初の使用はダンテの『神曲』だったのだ。ダンテは、ラテン語を捨てて、当時のローマの俗語を使った人として知られている。今も、いろいろな学者によって、『神曲』の日本語訳が試みられている。

さて、テルツァ・リーマの形式だが、「「aba, bcb, cdc, ded…」の脚韻のパターンで書かれた三行詩、つまり、三行で一つのスタンザ（連）を成すもの。長さには制限はないが、テルツァ・リーマで書かれた詩、または詩の部分の最後は、最後の三行連句の真ん中の行の押韻を繰り返す一行もしくは二行連句で締めくくられる。もし「ded」で終るのなら、最後は「e」か「ee」になる」ということである。

テルツァ・リーマの歴史をかいつまんでたどると、ダンテ以降イタリアでは、ペトラルカやボッカッチョが使った。英語詩ではジェフリー・チョーサーである。イタリア語などに比べて複雑な音韻体系をもつ英語は押韻に使用できる言葉が不足していたが、ミルトンやジョージ・ゴードン・バイロンやシェリーなどは、テルツァ・リーマを使用した。二十世紀に入ってもアーチボルド・マクリーシュ、W・H・オーデンなどがこの形式を使っている。つまり言語の性格に抗ってでもかれらは使ったのだ。

『神曲』の英語翻訳版にもテルツァ・リーマが使われているが、その点、ヨーロッパ諸国のような屈折語（つまり、名詞の性・数・格や動詞の時制などを表わすため形を変える性質の言語）と違って日本語は膠着語《こうちゃく》である。ということは実質的意味をもつ語や語幹に機能語や接辞をつけてさまざまな文法範疇（名詞の格や動詞の法・時制など）を表わす言語である日本語の場合には、独特の工夫がいるのであろう。

もっとも、膠着語である日本語では、脚韻は容易で、むしろ容易すぎるから、技巧的にはおもしろみがないともいえる。テルツァ・リーマのような定型詩の、脚韻の指定は、うまく活きないのかもしれない。こういった日本語の韻律のことは、すでに戦前に九鬼《くき》周造の『文芸論』（岩波書店　一九四一）の中の「日本詩の押韻」で明らかにされている。九鬼（ドイツ語・フランス語に秀でた哲学者で、両国留学の経験もあり、京大教授だった人。自ら作歌・作詩もした）のこの論は、『九鬼周造全集』はあるが、文庫本化されていないので手に入れにくいが、一読の価値がある。

テルツァ・リーマの実例としては、パーシ・ビシー・シェリーの、有名な「西風の賦（西風に寄せる歌）」を挙げて置きたい。テルティーネ（ン）を試行し始めたわたしにも、教訓的な実例だ。

Ode to the West Wind

O wild West Wind, thou breath of Autumn's being,
Thou, from whose unseen presence the leaves dead
Are driven, like ghosts from an enchanter fleeing,

Yellow, and black, and pale, and hectic red,
Pestilence-stricken multitudes : O thou,
Who chariotest to their dark wintry bed

The winged seeds, where they lie cold and low,
Each like a corpse within its grave, until
Thine azure sister of the Spring shall blow

Her clarion o'er the dreaming earth, and fill
(Driving sweet buds like flocks to feed in air)
With living hues and odours plain and hill:

Wild Spirit, which art moving everywhere;
Destroyer and Preserver; hear, O hear!

英語の詩だから、韻律の所在なんかもわかりやすいかもしれない。『イギリス名詩選』（平井正穂編訳　岩波文庫　一九九〇）から訳を添えて置く。なおここに引用したのは、「西風の賦」のⅠだけである。この『名詩選』にはⅠからⅤまで入っている。

西風の賦

荒れ狂う西風よ！　迸り出る秋の息吹よ！
枯葉の群れが、今、見えざるお前の傍から吹きまくられ、
妖魔から逃げ惑う亡霊のように飛び散ってゆく、——

そうだ、黄色く、黒く、蒼白《あおじろ》く、或いは不気味な赤味を帯びて、
あたかも瘴癘《しょうれい》に苦しむ者の群れのような、枯葉の群れが！　〔瘴癘＝風土病〕
お前に翼をもった種子が暗い冬の寝床へと追いやられ、

そこで、凍え、地中深く眠ろうとしている、まさに、
墓場の下で眠る死骸のようにだ！　だが、やがて、
紺碧の空を駈けるあの春風が、お前の妹が、やってくる、
そして夢を見ている大地に向かって嚠喨《りゅうりょう》たる喇叭《らっぱ》を吹き鳴らし、〔嚠喨＝音が冴えわたる〕
（青草を食《は》み勇みたつ羊のように、青空を仰ぐ蕾《つぼみ》を萌えたたせ）、
野や山に生色を漲《みなぎ》らせ、香気をあたりに撒《ま》きちらすはずだ。
西風よ、お前は天地に充満し躍動する激しい霊だ、
破壊者であり保存者だ！　――聴け、この叫びを聴け！

平井正穂の解説には、テルツァ・リーマなど詩型の件は、ふれられてない。この訳詩には、訳者の漢語好みがみられ、あまりいい訳だとは、わたしには思えないが、それよりもテルツァ・リーマの脚韻の存在――つまり音楽性を、多少でも日本語に移植しようとする気持がみられない点が気になる。これは、平井氏だけのことではないから、今さら驚くことはないが、その原因は、なんなのだろうか。ソネットを日本へ持ち込んだときも同じだったのだが。

第八章　デエメルの訳詩「夜の祈」と創作詩「人形《ひとがた》」を読む

デエメルの訳詩「夜の祈」を読み、ついでに目にとまった創作詩「人形」を読む。

『沙羅の木』をわたしは、名著復刻版によって読んでいる。大正四年（一九一五）鷗外五十三歳のときに出た本を原本に近い形の復刻本で読んでいる。わたしという現代の人間が、多くの現代の詩集と並べて、自ら比較するような気分でこの本を読んでいるといってもいいだろう。その観点から読むと、ずい分変った詩集である。

訳詩、つまり異国（といっても、ここではドイツだが）のデエメルとかクラブントの詩を日本語に翻訳したものが、第一部として巻頭に載っている。そして、鷗外自身の創作詩は、そのあとに、「沙羅の木」の総題のもとにまとめられている。

そして、最後に、第三部として短歌が来る。鷗外はこれを〈短詩〉とよぶ。そこには鷗外の、この時点における詩歌観があらわれている。

訳詩は、鷗外の創作ではなく、原典があるわけだが、それを創作詩と一しょに読まされる立場からすると、両者の関係をどのように理解すればいいのか。これはかなり重い問題を問いかけて来るのだ。たとえば、デエメルの訳詩は九篇載っているが、その九つ目の詩「夜の祈」だ。

夜の祈

汝《なれ》、深き眠よ。　二・七
汝《な》が覆《おほひ》の衣《きぬ》を垂れよ。　六・六
汝が黒髪を我胸に巻け。　七・七
さて汝が息《いき》を我に飲《〔あ〕》ましめよ。　七・七
喜《〔よろこび〕》と云ふ喜の限《〔かぎり〕》、　七・八
悲《〔かなしみ〕》と云ふ悲の限、　七・八
汝が唇の我胸よりさそひ出《いだ》す息《いき》に滅《〔き〕》ゆるまで。　七・六・九・五
さて汝が口附《〔くちづけ〕》に我を逢はしめよ。　九・七
汝、深き眠よ。　二・七

デエメルという詩人については、手頃なところで『ドイツ名詩選』（岩波文庫）で調べて一八六

三年生れ一九二〇年没ということで、フーゴー・ホフマンスタール（一八七四―一九二九年）とほぼ同時代人だということがわかる。しかしこの詩を読んで理解するのに役には立たない。むしろ、同時代の訳詩集『海潮音』をとり出してきて、訳者の上田敏が日露戦争の戦陣にあった鷗外に贈ったという『海潮音』、その中の詩を読んでみた方が、鷗外の訳詩の素性が知れるかもしれない。

誰でも知っている高名な「春の朝」（ロバアト・ブラウニング）を挙げてみよう。

春の朝

時は春、　五
日は朝《あした》、　五
朝《あした》は七時、　七
片岡《かたをか》に露みちて、　五・五
揚雲雀《あげひばり》なのりいで、　五・五
蝸牛《かたつむり》枝に這《は》ひ、　五・五
神、そらに知《し》ろしめす。　五・五
すべて世は事も無し。　五・五

すこし調べてみれば、この平穏な「春の朝」が作られるのには、かなり悲惨な背景があったことがわかるのだが、それは今、問題ではない。素直に「夜の祈」を「春の朝」と比べてみると、両者共、文語詩でありながら、読んだときの印象が違っている。それはたぶん、音数律の使われ方の違いにもよるのだろう。

一応「夜の祈」に、原訳詩にない訓《よみ》をもほどこして、音数を算えてみた（七行目は、七・六・九・五「滅ゆる」を「きゆる」と訓《よ》んだ）。七音が多く使われているようだが、「春の朝」のこころよい五・五・五のリズムとは異質である。異質なだけ、暗記しにくい代りに、なにやら、まがまがしい暗さもある。

これでみると、不眠になやむ人が、「深き眠」のことを「汝」と呼び、女性としてとらえて、恋心にたとえながら、「深き眠」よ来て下さいと、祈っているようだ。それが「夜の祈」なのだ。

睡眠時間は四時間だったとの伝説のある鷗外が、不眠になやんだという噂はないから、この詩には、鷗外自身の実感は込められていないのか。そんなことはわからない。軽々しく噂話など信じてはいけない。

あなた。ふかい眠りよ。
あなたの身体を包んでいる衣《ころも》でわたしを包んで下さい。

あなたの黒髪を、わたしの胸に巻きつけて下さい。
そして、あなたの吐く息をわたしに飲ませて下さい。
喜びとよばれる感情の極限まで、
悲しみといわれる感情の極限まで、
あなたの口唇《くちびる》がわたしの胸からさそい出す、
その息によって滅ばされてしまうまで。
そして、そのあなたの接吻《くちづけ》と出逢わせて下さい。
あなた。ふかい眠りよ。

こんな風に口語訳してみると、わりと単純な内容のようにもみえてくる。

わたしは、今度また、『沙羅の木』を読むつもりになったとき、創作詩に目が行った。なぜなら、『沙羅の木』の中の第二部にあたる「沙羅の木」を、一番初めの詩「沙羅の木」からこれまでの連載で読み始めていたからである。

その作業を続けるつもりでとりかかったのだが、今日は十五篇ある創作詩の、第十三番目の詩「人形《ひとがた》」に目がとまってしまった。

これも一つの偶然であるから、(鷗外のすすめるように)この詩を、この詩だけを、ゆっくりと読んで、考えてみたのである。

次のような詩である。

人《ひと》形《がた》

うなゐ子に人の贈りし　五・七
豆ほどの人がたいくつ、　五・七
たひらけき折《を》敷《しき》の上に　五・七
立てなんとすれば倒るる。　五・七
立て難きこの人形に　五・七
さも似たる「論《ろん》」いく条《くだり》、　五・七
あるみ行く舟の卓《つくゑ》に　五・七
索《なは》張りて皿置くがごと、　五・七
手づつにも立つとする間《ま》に、　五・七
咀《〔のろ〕》はれし手まづ疲れて　五・七
いきの糸やがて絶ゆべし、　五・七
「系統《けいとう》」は Torso なして。　五・七

この詩は、明治四十年（一九〇七）八月十日「詩人」三号に載った。鷗外四十五歳である。「うなゐ子」は元服前の少年を指す古語だから、明治二十三年（一八九〇）、最初の妻赤松登志子とのあいだに生まれた長男於菟《おと》が、大体あてはまるようだ。次男で夭折した不律（二度目の妻荒木志げとの間の子）はちょうどこの年の八月に生まれている。

ついでながら、長女茉莉は明治三十六年（一九〇三）生れだから、四歳だ。

さきの訳詩（デエメル「夜の祈」）は、大正三年（一九一四）二月一日の「我等」第一年二号に載った。だから、『沙羅の木』という本は、うしろの方の創作詩が早くに作られ、前の方の訳詩が、（二篇ほど例外はあるが）あとに発表されている。

さて「人形」であるが、五・七調で歌われているから、調子はよい。ただ、あちらこちらに見うける古語のたぐいにとまどうことがある。

たとえば「折敷」。古語辞典によると「片木《へぎ》を四方に折り廻して作った角盆。食器をのせるのに用いる。杉などのほか種種の香木で作る」とある。「波のをしき四つして銀《しろがね》の土器《かはらけ》などありける」（延喜二十一年京極御皇女歌会）が引用してある。片木は「へぎ板」のことで「杉または檜の材を薄く剝いだ板」のこと。

何となく「折敷」らしいものをどこかで見たようにも思えるが、その件はここまでとして置く。「豆ほどの」という大きさだが、大豆と考えてもずい分小さい。人形（たぶん五月人形だろう）を「折敷」の上に立てて遊ぶには、この大きさはどんなものか。あるいは莢《さや》に入った大豆と考えて莢《さや》ごとの大きさなのかとも思ったが、それなら「莢ほどの」とあるべきだろうと、考えてしまう。単に、小さい人形だということかも知れぬ。

「あるみ」というのもはじめ、判らず、古語辞典で「荒海《あるみ》、荒れた海」という万葉語（『万葉集』巻八・一四五三）だと知った。

この詩は、長男を出して来たりしているから五月人形の詩かといえば、それは違うので、それは比喩である。言いたいことは、立論のしにくさ。そういう論が世の中には多いこと、自分もまた、立論するに疲れてしまうことを嘆いているともうけとれるところにある。

トルソーはイタリア語で、「首および四肢を欠く胴体だけの彫像」（『広辞苑』）だが、「系統」――「順を追って並びまたは続いて統一ある」（同）論をまとめようとすると、往々にしてトルソーみたいに首や四肢を欠くことになりやすいものだよという。この結びがきつい。

「国語の系統」という言葉をみると、鷗外が津和野の藩校でうけた「国学」の教育のことが思いうかぶ。小堀桂一郎の『森鷗外』には、その点が詳しく解説してあったのを思うのである。鷗外の教養は、和洋漢にわたって、津和野を出郷するまでの、「うなゐ子」のころに、すでにかなり深く根づいていたのだ。

第九章　鷗外と与謝野晶子の交流

「うなゐ子」（「人形」）について再考した。当時親交のあった与謝野晶子の詩（『夏より秋へ』所収）を併せて考える。

鷗外の「人形《ひとがた》」という創作詩の第一行に出てくる「うなゐ子」という単語について「「うなゐ子」は元服前の少年を指す古語だ」と言ったのだが、辞書を引いてみると、いや、女児を指すことばではないのか、という疑義が出てくる。

「うない・ウナヰ、髫髪①子供の髪をうなじで束ねたもの。また、子供の髪をうなじのあたりで切り下げておくもの。②髪を①にした幼い子供。うないこ」（『広辞苑』）とあり、性別は明記されていない。

同じく『広辞苑』で「うないこ・ウナヰコ」は「髪をうないにした子供、元服前の少年」とあって、『宇津保物語』の用例が出てくる。『日本歴史大辞典』によると「うなゐとは古代における小児の垂髪」とあって、『倭名類聚抄《わみようるいじようしよう》』では「童子の垂髪をいうなり」とある。

『万葉集』には、

橘の寺の長屋に吾が率《い》寝し童女放髪《うなゐはなり》は髪上げつらむか　巻十六・三八二二

とあり、「橘寺〔明日香のタチバナ寺〕の長屋に連れてきて寝た、童女放髪の少女は、もう髪上げして他の男と結婚したろうか」〔『万葉集　全訳注原文付』の中の中西進の訳による〕。この場合、「うなゐはなり」はあきらかに女性を指している。

わたしは、『EX‐word』の電子辞書で見ているのだが、おも白くなっていろいろ引いてみている。『旺文社全訳古語辞典』では、図まで出ていて、あきらかにこの絵は少年である。さて鷗外の詩に戻れば、「うなゐ子」を、長男の於菟にしようと、四歳の茉莉にしようと、せいぜい、「豆ほどの人がた」が、五月人形のそれか、三月桃の節句のそれかになるだけのことである。詩の一番いいたいところは、

立て難きこの人形に
さも似たる「論」いく条《くだり》、

というところにある。作者は、立論のむずかしさを歎いているのである。

子供が人に貰った小さな人形から、直ちに立論という、自分の直面している問題へと思いが行

くというのも、やや性急な感じだ。「さも似たる「論」いく条」は、他人の「論」を非難しているようでもあり、自分の立論の苦労を言っているようでもある。

『鷗外論集』（小泉浩一郎編・解説　講談社学術文庫　一九九〇）を開いてみても鷗外が、立論する人であったことはよく判る。

「夜なかに思った事」（明治四十一年〔一九〇八〕）の一節には、次のような発言がある。

いったい感じた事を書くというのはどんな事だろう。文部省の展覧会ばかりではない。何を見ても時々は感ずる事があるに相違ない。しかしその感じた事を正直に書くという事が私に出来ようか。人はそんな事を遣っているのだろうか。さ様さ。世には多少本当に感じた事を書いている人がないでもない。西洋などには随分そんな人があるようだ。

鷗外は、このころ、筆記者の「鈴木春浦《しゅんぽ》君」に口述筆記することが多かった。翻訳戯曲などから始まった習慣のようだ。この「夜なかに思った事」でも「さ様さ」などと、語り口調を生かしているのは、口述筆記のためだろう（なお、『鷗外論集』は、最近の本が皆そうなように、現代仮名遣いに書きかえてある本だ）。

立論がむずかしいのは、論そのもののせいであることもある。しかし、荒海をゆく船の上の卓上食器のように、背景というか土台というか、日本の立論の習慣とか、環境とか、西欧とちがって、他者に対して気がねしなければならないためもある。

だからこの詩の、前半の部分の、子供の人形という比喩と、後半の部分の舟の上の卓の食器の比喩とは、別のことを言っているのだ。

「系統」を立てて論をすすめようとしても、筋道がつながらなくて、「首および四肢を欠く胴体だけの彫像」、トルソーになってしまうのだよ、という最終行も、「系統」にわざわざ「 」をつけているあたりが曲者である。トルソーを出して来て、何となく「人形」と呼応させているともみえる。人形もトルソーも原型は人間の形態を模したものだからだ。

富士川英郎《ひでお》の「詩集『沙羅の木』について」（一九五七年。『西東詩話――日独文化交渉史の側面』玉川大学出版部　一九七四年刊所収）を読んだが、今のところ、思っていたほどの教示は、この論文からは得ていない。

やはり、鷗外の詩や歌を、今現在、歌や詩を書いている人間として、じっくりと読んでいくという、わたしの方法や目的は、富士川英郎や小堀桂一郎のようなドイツ文学出身の研究者とは違っているのだろう。

鷗外は、「「沙羅の木」の序」の中で、次のように書いていた。

明治三十七八年の戦に、私が満洲にゐた頃、与謝野君夫婦と手紙の往復をした。彼二人と私との交通は、戦が罷《や》んでからも絶えなかつた。沙羅の木はそこに培《つちか》はれた芽ばえである。それが風残雨虐の中に茁《べう》して秀でずに、ここに哀な記念を留めてゐる。

鷗外全集の書簡篇には、志げ宛のいわゆる「妻への手紙」はそっくり収められているが、鷗外のいう「与謝野君夫婦」あての手紙は収められていないから、現実にどんなやりとりがあったのかはわからない。

しかし、晶子の詩歌集『夏より秋へ』（大正三年〔一九一四〕一月刊）の中の「下の巻」に収められた、詩百二篇は、おそらく、鷗外との交流の証左なのかもしれない。鷗外と晶子のどちらが先か後かということより、同時代の詩人同士として、影響し合った好例と考えてもいいかと思われた。

たとえば、与謝野晶子は、三十四番目の詩でこんなことを歌っていた。

XXXIV　〔ローマ数字が、詩の頭に置かれている〕

米《こめ》の値《ね》の例なくも昂《あが》りければ、
わが貧しき十人の家族は麦を食《くら》ふ。
子供等は麦を嫌ひて
「お米の御飯を」と叫べり。

麦を粟《あは》に、また稗《ひえ》に改むれど、
なほ子供等は「お米の御飯を」と叫べり。
子供等を何と叱らん、
母も年《とし》若くして心《こころ》には米を好めば……
「部下の遺族をして窮《きゆう》する者無からしめ給はんことを。
我が念頭に懸るもの之《これ》あるのみ」と、
佐久間大尉の遺書を思ひて今更に心咽《むせ》ばるる。

『与謝野晶子』（福田清人編　浜名弘子著　清水書院　一九六九）の、浜名弘子の解説によると、「当時（大正三年）の与謝野家の窮状を、これほど生まなましく伝える作品はない。四男四女と夫婦という総勢十名におよぶ大家族の生計が、ほとんど晶子のペン一本によって支えられていたのであるから、いかにかの女が多作であっても、その生活は困窮したものであったろう。何の説明も要しない詩である。現実の生活を、晶子はありのままにこの詩で伝えた」ということになる。

しかし、この詩の最後の三行で、佐久間大尉の遺書が出てくるのはなんだろう。先日の批評会のとき、佐久間大尉を、広瀬武夫とまちがえていたわたしに、黒瀬珂瀾氏が注意してくれたが、あの時、黒瀬さんに、最後の三行の感想をきけばよかった、と後悔している。

佐久間勉。「海軍大尉。福井県生れ。潜水艇長として山口県新港（岩国港）沖に潜航訓練中、水没事故により殉職。艇内で死ぬまで部下を指揮し報告を書き続けた。（一八七九―一九一〇）」とは『広辞苑』の記事だ。ブリタニカ国際大百科事典によると「一九一〇年四月十五日、潜水艇第六号の艇長として広島湾で潜航訓練中、艇が機械故障で沈没し、十三人の乗組員とともに酸素が尽きて死亡。このとき最後まで沈没の原因などを遺書に書き続けたため、軍神として有名になった。殉職時は大尉、以後少佐に昇進」ということだ。

晶子が佐久間大尉の遺書を詩の結びに置いたのは、最後まで、家族たち即ち八人の子供たちを餓えさせてはならないという、自らの決意を言いたかったのだろうか。

この連載も、月の半ばに、数時間を費やして一気に書いていたころと違って、今回のように毎日数枚ずつ書くことになると、大分様子が違ってくる。なにしろ、昨日と今日の間に、たとえば、今日だと、昨日の午後、家内と一しょに、日本近代文学館へ行き、「青春の詩歌」展を見て来たことが、何となく経験として挟まれている。

中村稔さん（詩人。日本近代文学館名誉館長）に励まされて、半切《はんせつ》に、旧い自作を書いたのが、展示されていた。隣りの部屋では東直子さんたちが朗読と対談の会をやっていて多くの聴衆が来ているようだったが、わたしたちは展示を見ただけで、帰ることにした。駒場東大前駅まで十分ほどの道を、ゆっくりと歩いた。

鷗外や晶子の詩は、今から百年以上前の作品だが、わたしはかれらが、何を考えてこういった詩を作ったのか、自分達、現代の詩歌人の体験から類推して考えている。

鷗外は、自分の詩のレトリックを誇示するだけのためにあれらを作ったのではあるまい。『うた日記』(日露戦争従軍中の詩歌)のあとも詩を作っていることを示すために書いたわけでもあるまい。観潮楼歌会や「スバル」の若者たちを意識して、時代の方向性を示すために指導者として書いたばかりではあるまい。

いや、そういう面もあったかもしれないが、詩歌のような余分なもの、あってもなくてもいいものをわざわざ書くとき、人はまず「どうしてもそれを書きたい」という自発的な動機におそわれる筈なのである。

今日、たまたま拡げた『夏より秋へ』から、次の詩を拾った。

XXIII

〔下の巻、二十三番目〕

晶子、ヅアラツストラを一日一夜《いちにちいちや》に読み終り、
その暁《あかつき》、ほつれし髪を掻《かき》上げて呟きぬ、
『辞《ことば》の過ぎたるかな』と。
しかも、晶子の動悸は羅《うすもの》を透して慄《ふる》へ、
その全身の汗は産《さん》の夜《よ》の如くなりき。

さて十日経《へ》たり。
晶子は青ざめて胃弱の人の如く、
この十日、良人《をつと》と多く語らず、我子《わがこ》等を抱《だ》かず。
晶子の幻に見るは、ヅアラツストラの
黒き巨像の上げたる右の手なり。

この「ヅアラツストラ」とは、ニーチェの『ツァラトゥストラはこう語った』の、おそらく第一部なのだろうが、うろうろと自分の書棚を探して手塚富雄訳なんかを持ち出して来て解説を読んだりしても、どうなるものでもない。

晶子は、自分のことを「晶子」と呼んでこの詩を書いた。晶子の詩に、まっ直ぐに対向できるのは、『ツァラトゥストラ』でなくてもいいから、一冊の本を一日一夜読み終り暁に至るという体験なのであろう。もち論、調べれば、明治末年に、ニーチェを訳したのは誰か、それは判るだろう。ニーチェの「ヅアラツストラ」だからこそ、晶子の心をこうまで烈しく打ったともいえるが、この詩の率直でリアルな語り口は、わたしには新鮮だった。

「産の夜の如く」の比喩から、明治四十二年（一九〇九）三月三男麟の誕生や、四十三年二月三女佐保子の誕生や、四十四年二月四女宇智子誕生の記憶がまだ新鮮だったころを考えてもいい。

第十章　ニーチェの話

「幸田露伴詩抄」について

晶子の詩から誘発されてニーチェ『ツァラトゥストラはこう語った』を考えた。鷗外の詩に影響を及ぼしたとされる「幸田露伴詩抄」を読んだ。

与謝野晶子の詩（『夏より秋へ』下の巻XXⅢ）の中にでてくる「ヅアラツストラ」を、わたしは直ちにニーチェの『ツァラトゥストラ』だと認定したが、これとて、別に大した根拠があってのことではない。『ツァラトゥストラはこう語った Also sprach Zarathustra』は、ニーチェの晩年の高名な作品であり、たぶん、ニーチェが第一回目の日本輸入をとげたのが、晶子がこの詩を書いた、明治の終わりごろだったという、うろ覚えながらの記憶に重なったにすぎない。

もち論、この詩の「ヅアラツストラ」は何でもいいのである。晶子が徹夜してまで読んで、そのあと家族と口をきく気にもならなくなったという、そういう本であれば、なんでもいいだろう。

しかし、もしこれが、ニーチェの『ツァラトゥストラ』だったら、更にもう一つの、東西比較文学的、比較文化的な話題へと発展する。

高い書架の奥から、『ニーチェとその周辺』（氷上英広編　朝日出版社　一九七二）を降ろして来た。ニーチェ研究で高名な氷上英広東大教授の退官記念に編まれた、八四九頁に及ぶ大著である。氷上氏の友人や弟子たち二十三人の力作論文が並んでいる。中には小堀桂一郎氏の「森鷗外のニーチェ像――我国におけるニーチェ理解史初期の一面」という論考もある。平川祐弘氏の「夏目漱石の『ツァラトゥストラ』読書」という論文もある。

わたしは、手塚富雄訳の『ツァラトゥストラ』を読んだりしたのだが、歌人晶子は、誰の訳で読んだのだろう。

さきに挙げた学者たちはもちろん、漱石も鷗外も、皆、英語に訳されたニーチェや、原文のニーチェを読んだわけである。晶子はたぶん、「ヅアラツストラ」の名で翻訳された、日本語の本を読んだのだろうと推察した。

更に氷上英広氏（一九一一―六八年）の『大いなる正午――ニーチェ論考』（筑摩書房　一九七九）を持ち出して来て、「鷗外とニーチェが近づいた」とか「芸術の夕映――鷗外、ニーチェ、ワーグナー」といった、関係のありそうな文章を読む。

「森鷗外はいくつもの優れた短篇を書いたが、その一つに『追儺《ついな》』がある。その終末にニーチェからの引用があって、その訳文もまた美しく、大変印象的である」などと氷上さんは書いていた。

すると、また「追儺」という短篇を読み直したくなる。鷗外選集を出して来て「追儺」を読んでみると、なんとあちこちにわたし自身の書き入れがしてある。つまり、いつだったか読んでいたのだ。ニーチェのところにも、何やら書き込みがあった。自分が読んだ本のこと、読んだという記憶がとんで失われてしまう現実は、このごろ多いのだが、またその実例にぶつかってしまった。

氷上さんには、手にとり易いところで、岩波新書の『ニーチェの顔』(一九七六)がある。中には「ツァラトゥストラとゾロアスター」という一章さえあって、今のわたしには教訓的だ。

鷗外の『沙羅の木』の創作詩を読んでいるうちに、鷗外がどうやら同時代人として意識したらしい与謝野晶子の、『夏から秋へ』の詩を読みくらべることになった。

鷗外の「人形」に出てくる「Torso」を、否定的にばかりうけとっていたのが悔まれた。トルソーは頭部や手足を欠くかわりに、胸部や腹部のたくましさを強調させてみせるのだ。

立論のときの、トルソーという比喩には深い味わいがある。立論のとき「系統」立てようとつとめた結果、トルソーが残ったとすれば、そのトルソーは、かえって立論の論旨のたくましさを残ったトルソーによって、想像させる態《てい》のものだったということかも知れぬのだ。

『日本現代詩大系』の第三巻(河出書房　一九五〇)で、晶子の詩など見ているうちに、研究家たちが、もう一人当時の鷗外に影響した詩人として挙げていた「幸田露伴詩抄」が目にとまった。文語、四行詩集である。『沙羅の木』の創作詩の巻頭の「沙羅の木」は、四行詩である。この詩の題名によって、一巻の詩集の題名にまでしたのだから、鷗外は、この四行詩が気に入っていたと覚しい。

それに影響したといわれる幸田露伴の四行詩とはどんなものか読んでみたい。

わたしは、『沙羅の木』を「サラノキ」と読んでいる。『平家物語』の冠頭の「沙羅双樹の花の色、盛者必衰の理《ことはり》をあらはす」を中学の教室で習って以来、沙羅は「サラ」と訓《よ》むのだと思って来たのだ。

図鑑や辞書の大方によると、これは「シャラ」と訓むのがふつうで、沙は、いわゆる呉音《ごおん》で「シャ」。「サ」ともいうとは添えてあるが、ナツツバキの木として知られる沙羅の木は、やはり、「シャラノキ」と呼ぶのが、ふつうらしい。

ナツツバキは、巨木ではないが（十メートルほどになるという）、この近所にもあって、六月あたり白い花が咲く。そして、あっさりと花ごと落ちるのを見たりする。

鷗外自身は、「沙羅《さら》の木」と訓をふっているし、その冠頭の詩では、

褐色《かちいろ》の根府《ねぶ》川石《かはいし》に
白き花はたと落ちたり、
ありとしも青葉がくれに
見えざりしさらの木の花。

となっている。

富士川英郎の「詩集『沙羅の木』について」（一九五七）では、鷗外の詩歌をうながした他者の作品として、幸田露伴の短詩を挙げている。そして妻志げ宛の手紙や、親友の賀古鶴所《かこつるど》宛の手紙を引用して、実証している。

露伴の短詩を『日本現代詩大系』第三巻の、「幸田露伴詩抄」（編者の日夏耿之介の選出によるものと思われる）で読んでみると、率直に言って、あまりいい詩ではないのは残念である。たとえば、一例だが、

山中雨後（明治四十四、一九一一年）

雨断《き》れて　谷間明るく
雨の後《のち》　老松《ろうしょうわか》嫩し。
山川の　浪立ち騒ぐ
岩づたひ　鶺鴒《せきれい》の飛ぶ。

漢詩の四行詩の、起承転結を意識したものというが、あまりに素直で平凡という外ない。鷗外の四行詩「沙羅の木」とくらべてみれば、詩人としての才能の差は明らかではないか。

鷗外の「沙羅の木」は、意味内容から言ったら根府川石（輝石安山岩の板石）の上に、ナッツ

バキの白い花が、「はたと」落ちたのを見て、「青葉がくれ」にかくれていた「さらの木」に気付くという、単純な物語だが、韻律分析をするまでもなく、ア母音のきかせ方もいいし、最終行に「さらの木の花」をもって来たのも見事だ。こういうところは、鷗外は、詩人として、耳がよく働いている。

日夏耿之介は、鷗外びいきの人だが、この『日本現代詩大系』の解説では、「浪曼的脱皮を志した時勢は、鷗外をして『沙羅の木』の日常詩を提供せしめた。これは完璧な詩でない。一つの習作の提示であつた。彼はこの点自己が純抒情詩家として大なる者であり得ない自覚をはつきり持ち、まだ覚めぬ世間と世間を背景とする詩壇との為に若干のモデルを見せる心組であつた」と言っている。果してそうだろうか。

モデル提供程度の心をもって『うた日記』のような充実した詩集が作れるだろうか。また、『沙羅の木』を訳詩と創作詩をかっちりと組み合わせて、一巻の詩集にすることは、生ま半かな気持ではできないことではあるまいか。

第十一章　創作詩「都鳥」「後影」「三枚一銭」を読む
併せて創作詩一覧表

創作詩を一篇づつ読んでいる。創作詩（「沙羅の木」の部である）を、この章あたりから順次読むようになった。

創作詩の五番目の「都鳥」というのもなかなか、見事な、というか、技の冴えた詩だ。

都　鳥

初夏の日暮。みどりの
ただ中に夕ばえ煉瓦
速《まね》かざるまらうどと立つ。
高鳴るや嘲る汽笛。

タイトルの都鳥は、ユリカモメである。ユリカモメとすると、季語としては冬で、秋日本に渡来するのだが、残りカモメもいるだろうから、あまりこだわるまい。鷗外という号の中の「鷗」も隅田川のユリカモメだと思われるから、無縁ではないのだ。

「速かざるまらうど」は招かざる客という俗語である。「速」は、漢和辞書でみると、速《まね》くの用法も出ているが、わざと「招く」でなく「速く」をつかうのも鷗外の教養のせいだろう。もうわたしたちの世代にはむりだ。

初夏の日の暮の緑の木々の中に煉瓦の壁だろうか夕映えているのは、まるで招かざる客のように異物感がある。それをあざけるみたいに（舟の）汽笛が高く鳴った。

機関《からくり》の不断の鞭に
むちうたれはため過ぐる
塗舟《ぬりぶね》に経《たて》をゆづりて、
川の緯《ぬき》漕ぐわたし船。

いわゆるぽんぽん蒸気だろう。蒸気機関にむちうたれて遡上する「塗舟」（うるし塗りの舟）、要するにまっ黒な船が、川の経《たて》の道をゆくとすれば、それと交叉する緯（よこの道）を、人の手で漕ぐのがわたし船だ。
作者の関心も好みも、この渡し舟の方にある。

房州《ぼうしう》と人呼ぶ聞きし
牙彫《げぼり》めくをぢ櫂とりて
中流のゆふあげ潮を
皺みたる腕《かひな》にしのぐ。

はや近しさんや桟橋。
水《み》棹《さを》には芥まつはり、
浮木触れ、水底草《みなそこぐさ》の
乞児《かたゐ》ぎぬちぎれ靡けり。

〔乞児ぎぬ＝こじきの衣服〕

にび色の川淀水の
渦巻に、雌雄《めを》か、白鳥《しらとり》
並《なら》ぶ。こやさすらひ人の
ふりし日の風流《みやび》の記念《かたみ》。

舟人《ふなびと》よ。あの鳥を見よ。
「はあ。ありやあかごめでがさあ。」
気《け》ぢかきにおぢぬさま見よ。
「臭くつて食はれませんや。」

房州（千葉県南部出身だからだろう）と呼ばれている船頭は、櫂をとって皺のよった腕の力で夕あげ潮の力に耐えて渡し舟を漕ぐ。このへんの描写も、韻律もなかなかいい。ゆっくりと話をすすめるところも、最後の四行をきわ立たせるのに役立っている。棹にまつわりつく芥だの、水底草だの捨てられた衣服だのは、いつものことだろうから言う必要もないのをわざと言っている。

ユリカモメを見て、いにしえの都鳥を思っている客の一人鷗外に、「ありゃカゴメだよ」と言い放つ船頭（カゴメはかもめの俗称）。すぐそばに近づいても人をおそれないのもわるくないなと思っている客に向かって「あの肉は臭くって食べられませんや」と言い放つのである。「速かざるまらうど」の比喩は、ユリカモメにも、それを嘆賞する客、鷗外にもあてはまるといえる。手のこんだサタイア（諷刺）ともうけとれる。

もち論、鷗外は、しばしば、隅田川の渡し船にのったろう。しかし、この詩は、必ずしも日常生活を歌った「腰弁当《こしべんとう》」氏（鷗外の筆名）の詩ではない。むしろ、ある種の皮肉、イロニーをきかせるため、渡し舟とユリカモメとを使ったともいえる。

「都鳥」の隅田川の渡し舟は、どのあたりだったのか。久保田淳の『隅田川の文学』（岩波新書一九九六）を読みながら考えている。

久保田は、俳人石田波郷や水原秋桜子の句集を検討したあと、川端康成、芥川龍之介、谷崎潤一郎における隅田川文学を論じ、「パンの会」の木下杢太郎の隅田川（下流のそれ）のことも言っている。

しかし、鷗外は、久保田の本には出てこない。

そこで「渡し」はどのあたりかといえば言問橋のあたり（隅田川の上流寄り、浅草と向島を結ぶ橋）がそれだろう。

「東武の鉄橋の上流寄り西岸に山の宿《しゅく》の渡しの跡を示す碑が立っている。このあたりの一角は山の宿と呼ばれ、この地点と東岸の枕橋とを結ぶ渡しがあったのである」（久保田）

言問橋は昭和三年（一八二八）に架けられたのだから鷗外のころにはまだない。

「後影《うしろかげ》」は明治三十九年（一九〇六）十月一日「明星」午歳十号に載った詩。鷗外四十四歳、日露戦争から凱旋した年である。

後影《うしろかげ》

真昼時。うち見るきはみ
青黍《あをきび》を刈りし畑土。
畦道《あぜみち》を〔の〕騎り過ぐる民
閑却す手の中の鞭。

目鏡《めがね》持つ人呼ぶ、腮《あご》の
髯〔ひげ〕黄なり、敵《てき》と口疾《くちと》に。
火閃く。伸長駆歩《しんちやうくほ》の
後影《うしろかげ》 黍畑横に。

『うた日記』にあってもよさそうな詩である。青黍を刈ったあとの畑土がずっとひろがっているところ。「真昼時」というのは、今ニーチェの「大いなる正午」について氷上英広の文を読んでいたところなので、不思議な暗合だなと思う。正午。「三井寺や日は午に迫る若楓」（蕪村）と同じく、鷗外も、正午に物の怪が出るなんて思ってはいなかっただろう。

手の中の鞭のことも忘れて畦道を馬にのってすぎていく民（支那の民）がある。後半の四行は、少しわかりにくい。

望遠鏡をもって観察していた人が「あごひげが黄いろだ、敵だ」と口早に叫んだ。

そして、砲火がひらめいて、身体をのばしてギャロップして去っていく。後姿は黍畑を横に見て去っていく。

この敵は、民のかっこうをした偽装したロシア兵だったのだろう。だから髯が黄色だったのだ。五・七調にまとめるとなると、どうしてもこのぐらいの言葉の刈り込みをしなければならない。発砲したのは、むろん味方だろう。

ここで創作詩の一覧表をかかげると、

明治三十九年（一九〇六）
五月　雫　「芸苑」
六月　都鳥　「趣味」
七月　三枚一銭　「明星」
かるわざ　「明星」
日下部　「東亜之光」
九月　沙羅の木　「文芸界」
朝の街　「芸苑」
十月　後影　「明星」

明治四十年（一九〇七）　十二月　火事　「東亜之光」
四月　空洞《うつろ》　「明星」
六月　旗ふり　「詩人」
八月　人形　「詩人」
直言　「明星」
明治四十二年（一九〇九）四月　海のをみな　「東亜之光」
Modèle　（未詳。掲載順は「火事」と「後影」のあいだ）

日露戦争から一月に帰還し、八月に第一師団軍医部長、陸軍医学校長に復した明治三十九年、四十四歳の鷗外は、七月号の雑誌に三作も詩を書いている。「三枚一銭」「かるわざ」は、いわば、内輪の雑誌「明星」に出した。「日下部」は「東亜之光」に発表している。
まずは「三枚一銭」から見てみよう。

三枚一銭

足早き角《つぬ》の怪《け》、電車
さやぎつつ来てはとどまる

かねやすが門辺《かどべ》の逵《つむじ》。
降《お》るる乗る蜉《ふ》蝣《いう》の群に
聳《そゝ》り立つ麦稈《むぎわら》帽子。
何か為る。汝《なむぢ》、壮漢。
籠《こ》のうちゆとりいでて呼ぶ。
「昨日《きのふ》の新聞三枚一銭。」

さやぎつつ電車過ぎ行く。
「昨日《きのふ》の新聞三枚一銭。」

鷗外のいう「足早き角の怪、電車」は、鷗外がこんなに、気にして詩にしているところからみて、日露戦争のころ、東京で発達した路面電車だろう。
この詩は「昨日の新聞三枚一銭」と売る「壮漢」を歌っているが、それは電車の停留所風景でもある。鷗外は、自身もこのころ市電で通勤する役人であったからこそ、電車やその停留所風景に目をとめたのだろう。

おそらく戦争の前は、馬で通っていたのを、このころ市電に切りかえたのだろう。その新鮮な通勤感覚が、これらの東京街上歌を生んだのだろう。

当時の新聞の種類はいくつあったのか、三枚一銭とは、三種の新聞をあつめて売っていたのだろうか。その売り手が「壮漢」であることにも留意してよい。

「角」とは、電線につながっているポールのことだと、これはわたしどもの世代は皆、路面電車を、子供のころから見つけており、乗りつけていたのだから、すぐに判る。

第十二章　鷗外の電車美学
創作詩「日下部」「朝の街」「火事」を読む

日露戦争の前と後で交通事情が変ったこと。それに対し鷗外は機敏に応じて作品を書いた。

鷗外が、電車（路面電車）に、つよく関心をひかれていたことについては、この時期（日露戦争後の時期）に書いた小説「電車の窓」（明治四十三年［一九一〇］一月一日発行「東亜之光」掲載）にもあらわれている。

東京市の市電については、『鷗外近代小説集』第二巻（岩波書店　二〇一二）に瀧本和成の解説がある。

「東京における路面電車の前身は明治十五年に開通した鉄道馬車。その後東京馬車鉄道から改称した東京電車鉄道が三十六年に東京初の路面電車運転を開始した」

とすれば、これは、日露戦争勃発の半年前である。

「以後翌年にかけて東京市街鉄道、東京電気鉄道が相次いで参入し、三社鼎立時代が現出。三十九年〔日露戦争の終った翌年、鷗外が凱旋した年〕に三社が合併し東京鉄道を設立、四十四年には東京市が同社を買収し東京電気局を設置、市電経営を始めた（現、東京都交通局の前身）」

鷗外は、戦地から帰って来て、市電の姿に目をひかれた。自身も、馬で通っていたのを市電にきりかえた。

鷗外が、意外に、流行に弱いというか、新しもの好きといったところは、『沙羅の木』の中の創作詩に、市電の姿が実写されていることからもわかる。あれは、ただの日常詠でもなければ身辺詠でもない。

小説「電車の窓」にもよくあらわれているが、狭い、一室の空間、それも走る空間の中に人間がとじ込められて、窓から外を見ながら移動していくという風俗は、路面電車によって本格的に、都会に出現したのだ。

「当時の路面電車の車体は木造で、前後に開放式運転台を有し、電車定員は四十―五十人程度、座席は車体両側の壁に沿って長椅子が設置されていた」（瀧本）というのだから、空間の大きさは大きくなったが、現代のバスやJR電車と、構成はかわりがない。

鷗外の電車の出てくる小説には「有楽門」「藤棚」があるから、「電車の窓」と併せていつか読んでみたい。

何日か前から「この故に明日のことを思ひ煩《わづら》ふな、明日は明日みづから思ひ煩はん。一日の苦労は一日にて足れり」（「マタイ伝福音書」六章三四）という、亡き母のつねにとなえていた聖句に励まされるようになった。他者のために尽すことである。

今、鷗外の電車文学ともいうべきものにぶつかって、その内容を明らかにしてみようとしている。すでに先人によって言われていること以上のことが言えるかどうかは知らぬが、結果は結果として、わたしは自分の全力を尽くせばいいのだ。

日本人が、電車（路面電車）という交通手段を身近なものにしたのは、「日露戦争」後のことであった。電車は、都市における交通手段（つまり人間が地上のある場所から他の場所へ移動する方法）としても斬新だったと同時に、人と人とが接触する場面としても新しかった。鷗外は、『沙羅の木』の詩においても、またその同じ時期に作った小説でも、電車美学というか、電車詩学っていうのか、それをいち早く作品化した。

このことは鷗外の詩や小説だけのことではない。たとえば、斎藤茂吉『あらたま』（大正十年［一九二一］）の大正三年のところの「雑歌」にある、次のような歌も、また、読み方が違ってくる。

赤電車場ずゑをさして走りたりわれの向《むか》ひの人はねむりぬ

「赤電車」は「最終電車であることを示すため、方向標識に赤色電灯をつけた電車」（『広辞苑』）である。この標識は、今、わたしのいつも利用するバスでも用いられている。しかし最初から天下周知の識別法だったわけではない。西欧由来の輸入品である。

みちのくに米《よね》とぼしとぞ小夜《さよ》ふけし電車のなかに父をしぞ思ふ
しんしんと雪ふるなかにたたずめる馬の眼《まなこ》はまたたきにけり
電車とまるここは青山三丁目染屋《そめや》の紺に雪ふり消《け》居り
ほうつとして電車をおりし現身《うつしみ》の我の眉間に雪ふりしきる

こんな風に並んでいる茂吉の歌も、東京市が電車経営を始めた明治四十四年（一九一一）からたった三年後の大正三年（一九一四）の歌なのだと思うと、感慨がふかまる。赤電車（終電車ともいうが）の中で、「向ひ」の席の人を眺める。電車の中は、読書や瞑想や仮眠に最適の場所なのは今でも同じだが、そういう場所（走る部屋）が日本の都会に出現し定着したのが、明治末から大正初めのころであった。

茂吉の歌で、電車の歌の中に「馬」の歌が挟まれているのも象徴的である。路面電車の前身は鉄道馬車だったからだ。

『沙羅の木』の中の創作詩では「雫」と「三枚一銭」と「旗ふり」に路面電車が出てくる。率は小さいが、「雫」は詩の中で特にすぐれた写生詩である。

『沙羅の木』の創作詩の残っているのを読んでみよう。
明治三十九年（一九〇六）の七月に発表された三作のうちまず「日下部」を読む。

日下部《くさかべ》

汽車待つ間《ま》、木枕借りて
横になる竹えんの足
潰《ひた》す水ちよろちよろ流る。

懈《たゆ》き目に見つつ眠りし
水いつか枕をぬけて、
耳の根をちよろちよろ流る。

まずタイトルの日下部は、地名（駅名）だろうか。そうなら判りやすい。
「草壁とも書く。雄略皇后若日下部王の出身地である。河内《かわち》の日下（現大阪府東大阪市にちなむ部《べ》名）」と『日本歴史大辞典』にある。
言葉のひびきとして、クサカベは、大へん良い。このころ、日本列島の各地に、鉄道網がひろがったのであり、鷗外が、大阪の日下部駅で汽車の時間待ちをしていてもおかしくない。一人の官吏が、汽車を待つ姿というのも、日常の一つの景色である。ただ、そのとき、駅の中の、「竹縁」に木枕を借りて、ごろりと、軍服のまま横になるというのは誰でもすることではあるまい。

竹縁から垂らした足もとを、「潰す水」が「ちよろちよろ流」れているというのだ。いかにひなびた鉄道駅といえども、駅の竹縁のそばを足がつかるほどの水が流れるとは信じがたい。なにか特殊な気象状況だったのだろうか。

それにしては、詩はゆったりしている。三行目と六行目で、同音反復して、脚韻をかなでている。「水いつか枕をぬけて」あたりをみると、ついうとうとと眠ってしまったときに「耳の根」もとを水の流れる音がしたのであって、流れるのは、水ではなく、水の音なのだろう。

鷗外は、何かの公務の折に体験したことを、日下部という地名をタイトルとしながら小品にし立てあげた。そして創作詩の二番目に置いたのだ。

発表順に読んでいくと、同年九月には「沙羅の木」と、「朝の街」(「芸苑」に発表)が来る。

朝《あさ》の街《まち》

朝あけ大路《おほぢ》しめやかに　七・五
立ち並ぶ店まだ醒めず。　七・五

けはひろびろ。　七
搏風《はふ》檐壁《のきかべ》をいろどるや　七・五
塗絵《ぬりえ》広告絵看板　七・五
露にぞ映ゆる。　七

刹那ちりぼふひと群の　七・五
素足《すあし》わらうづ破《やれ》帽子、　七・五
新聞くばり。　七

七・五・七・七・五と来て、三行目に七音が来る感じのリズム。これも鷗外の工夫だろう。「搏風」は「日本建築で、屋根の切妻についている合掌形の装飾板」（『広辞苑』）のことだから、各々の家（大路に並ぶ家々）の、屋根の上の部分にも、下の部分（檐又は軒）のところにも、広告用の塗絵や絵看板がかかげられている。これは、現代ならごく見慣れた風景だが、鷗外は、違和感を覚えているのだろう。東京の朝あけの「大路」の風景としては、もっと素朴な瓦屋根の並ぶのを、期待していたのかもしれない。この第二連でも「露にぞ映ゆる」という、朝露の描写を七音で添えている。

第三連は、今度は一群の人間の動きである。「わらうづ」は藁沓《わらうづ》。わらで編んだくつ。ばらばらと一群の人たち（男だろう）が、その大路にあらわれたのを見ると、素足にわらぐつをはいて「破帽子」をかぶった、新聞配達人なのだ。この「新聞くばり」もまた、明治の新風俗の一つなのである。

鷗外は、何がおもしろくて、こんな材料を詩化したのか。荒涼たる満洲の野に戦って帰って来た軍人として、この故国の、さまざまな新風俗に、やはり心ひかれたのだろう。と同時に、異和を感じたのだろうとも思われる。この詩のあとに来るのが、同じ年の十月に発表された、「後影」であった。さきに解読したように、戦地の事件をあつかったものだったのだ。次は「火事」である。

火　事

目にみえぬ箒《はゝき》うちふり
四辻《よつつじ》のマカダム道を
夜《よる》の風横ざまに掃《は》く。

写しながら「マカダム道」が気になる。聞いたことのない言葉だからだ。

『広辞苑』によると「マカダム・ローラー」という言葉がある。スコットランドの土木技師マカダム（一七五六―一八三六年）に由来する土木工法の名前らしい。道路基盤になる砕石（マカダム）やアスファルト舗装の最初の締め固めとしてマカダム・ローラー（車輪の代りに三軸のローラーがついた、道路固めの機械）があるという。「マカダム道」は、「四辻」だから交叉路で、そこを以前マカダム・ローラーでかためたことを、鷗外は知っていたのだろう。いずれにせよ、「四辻の舗装道路」でいいではないか。「マカダム」ということばが音韻上も活きているとは思えない。またそこが鷗外の新語好みだったのかもしれぬ。電車がそうだったように、アスファルトの舗装も、このころ始まった、西欧由来の道路工学だったに違いない。

店窓《みせまど》に電燈照れど
見かへらでゆく靴尖《くつさき》に
触れて舞ふ新聞反故《ほうご》。
鐘をちこち。馳《〔は〕》する提燈《〔ランタン〕》
馳する影。そよや、忙《せは》しき
鈴鐸《れいたく》の声耳《こゑみゝ》もとに。

地轟く。人は蜘手《〔くもで〕》に
馳せちがふ。おどろおどろし、
ぽんぷ遣《〔や〕》る真赤《まあか》の車。

だんだんと、鷗外の意図がみえてくるではないか。日常のありふれた風景を詩化したのではない。江戸の火事の人足が、法被姿ではしごにのぼるあの近世風の火事場の風景から離れて、次第に西欧化していく過程を、とらえている。それは電車や汽車やその他の風俗の変化と同列だったのだ。

第十三章　創作詩「空洞《うつろ》」「旗ふり」を解読する

鷗外の「空洞」も「旗ふり」も、鷗外の創作詩では難解の部類だが、日本にやって来た西欧近代の文化がそこに反映しているようだ。

歩行者たちが道ですれ違うことや、人力車、馬車のような一人または二人の交通手段があった昔。それに比べて、四、五十人の人が一つの限られた空間の中に一しょに積まれて運ばれてゆくという、新しい交通手段へと変化した。そこでは、当然、人と人との間柄も変る。鷗外が小説に書いたように、自分は吊革にすがって立っており、一人の女が目の前に坐っているという状況もありうる。向い側に坐っている女性や男性を見るともなく見てしまうということもある。今、わたしたちが、バスや電車でやっていることである。あれは、まさに、日露戦争のあと、明治の末期に出現した人と人との関わりだったのだ。

「火事」という詩に写されているポンプ車は真赤であった。これも西欧由来の色彩だが、このころ輸入されたのであった。

ポンプ。「pomp 唧筒。圧力の働きによって流体を送る装置。特に液体に対するもの」（『広辞苑』）。元はオランダ語のポンプが、そのまま日本語となった。

明治四十年（一九〇七）四月、「明星」に載った「空洞」を読んでみよう。創作詩としては発表順で十番目の詩だ。

空洞《うつろ》

うつろなる家こそ立てれ、
つねに行く丘のつかさに。
槌のおと夜昼《よるひる》絶えず、
月をだに踰《〔こ〕》えぬあひだに、
天《あま》そそり立つ杉むらと
肩並《かたな》むる家ぞいできし。

はじめの六行である。ひと月たたないうちに家が建ったのである。その家は「空洞なる家」とよばれる。

湖《みづうみ》の、見《み》はるかしつる
上みれば、晴れたるに虹、
かけわたす長橋。これも
束の間のいささめづくり。
石まがひ白くかがやき、
その影は水にも映《うつ》り、
中島の赭塗祠《そぼぬりほこら》
つねよりも小《ちひさ》く見えぬ。

〔「いささめに」＝仮に〕

その家は、どうやら、湖のそばに建ったらしい。湖には長橋がかけわたされている。しかしこの橋もにわかづくりの橋で「石」ではないのに石みたいに白く輝いて水に映っている。湖の中に「中島」があり、そこに朱塗りの神社がある。大きな家が建ったので、その祠はいつもより小さく見える。

見よ、家は空洞なる家。
薄板を重ねだにせぬ

壁打たば、琴の樋《ひ》のごと
鳴りなまし。見よ、長橋も
ぬり色の一重のさかえ。
人踏まば、日の照す霜、
かがやける色は消《け》ぬべし。

家も長橋も、速成のにわかづくりである。一体、なんのための家なのか。

しかはあれどここに寄り来る
千万の宝の数を
列《つら》ねんと、家をぞ作る。
その宝見に来《こ》ん人の
便《たより》にと、妻問《つまどひ》します
彦星のためならなくに、
鵲《かさゝぎ》の橋をもわたす。

はじめからそう言ってくれればよく判るのに、答をあとの方へもって来て謎かけをするやり方だ。

宝物のようなものを収める「家」だったのである。牽牛星が織姫星に一年に一度会うために鵲のわたす橋みたいな長橋を作った。

丘の上に建つ家と、この長橋の位置関係がもう一つはっきりしないが、宝物殿とこの橋とは一対のものらしい。

疑《うたがひ》の心抑へて、
塵泥《ちりひぢ》と崩《く》えん日に逢ふ
うつろなる法《のり》を遺《のこ》しし
いにしへの聖《ひじり》をぞおもふ。

この四行が、この詩の結論部分である。わたしは、今や新しい時代になって、昔の聖人がのこしてくれた法《のり》が、まるで塵泥のように崩れてしまった時代になってしまったのを「疑の心抑へて」(これでいいのかという疑の心をおさえながら)おもっているのだ。

一応こんな風に解いてみたが、前半の宝物殿の「空洞な」家と、この結論が、もう一つぴったりと合わない。

しかし、これもまた、明治の新時代にあらわれた建築への、疑念をうたっているという風に、一応、解いてみた。

「旗ふり」（明治四十年〔一九〇七〕六月、「詩人」に発表された詩）に進もう。

雑誌に発表された順からいうと、先に示したリストのように十一番目。しかし、「沙羅の木」の創作詩の部分では、「三枚一銭」のあと「火事」の前に位置する。発表順を、制作順と一応考えるなら（事実はそうではない場合もありうるが）、なぜ、こういう順番にしたのだろうか。それを考えてみるのも、鷗外の心理を探る上で、必要な作業だろう。これは創作詩十五篇すべてを見終った上で考えたい。

旗ふり

恋人は辻の旗ふり。
物買ひに通ふゆきずり、
顔見れば君が手にふる
赤旗の色にぞいづる
わが丹《に》の頬《ほ》。さはれいそしき
目の前を、線《いと》鳴りひびき、
ゆきかへる百《もも》の車を

〔いそしき＝勤しき。勤勉である〕

留《と》むる赤、放ち遣る青、
軍《いくさ》行る時をはかりて
鼓《つづみ》うち金《かね》うつに似て、

この辺までで一息つこう。各行が五・七調なのはすぐわかる。脚韻の所在もあきらかである。

旗ふり／ゆきずり　イ母音
ふる／いづる　ウ母音
いそしき／ひびき　イ母音
車を／青　オ母音
はかりて／似て　エ母音

という脚韻の存在は、五・七調と同じく、作者が、そこのところに神経を集中して作っているのを思わせる。

詩の音楽性とは、読み上げられるのを耳できいていて感ずるものすべてである。「ああ、ここちよい詩のひびきよ」と思うのだ。そのとき、音数律（五・七のような存在）も、各句の音のひびきも、頭韻や脚韻も、その他すべての音楽的な要素が、協力している。そしてそれは、作者がそうした理くつに従って作ったものではない。詩人としての能力によって、一瞬のうちに判断して選んだ言葉によって実現するのだ。

「目の前を電線が鳴りひびいてゆきかえりするたくさんの車」とは、（現代なら自動車だが）電線を出している以上、路面電車だろう。またしても、路面電車……、四辻になっていて、たとえば、三田方面から北上する路線と、日比谷から東へ走る路線が交わる「辻」を考えればよい。「百の車」（たくさんの車）というほど走るかは、今からはわからないが、鷗外はそう歌っているから信ずることにしよう。

ところで、鷗外は、ただ交叉路で赤旗ふったり青旗ふったりして交通整理している人（旗ふり）を、新風俗として詩化しただけではない。そこへ旗ふり男を「恋人」とよぶ女を出して来ている。「辻の旗ふり」は、今なら、信号によって行なっている。人が立つとすれば交通係の警官といったところだが、明治のこのころは鉄道会社の、つまり電車を走らせている側の職員だろう。

うちの恋人は、四辻で旗をふる交通整理の人なのよ。わたしは買物にゆく、ゆきずりに恋人の顔を見ると、あの人が手にもって振っている赤旗と同じ色に、わたしの頬も赤くなってしまう。とはいえ、あの人は勤勉で、電線のひびきと共に往来するたくさんの電車を、赤旗で止め、青旗で進ませている。それはちょうど、昔、軍隊が行進する合図に、鼓を打ったり鉦《かね》をたたいたりしたのと同じだ。

「あからめ［わき見］」は、することはない。勤勉なあなただから、うしろをふりかえることもない。

あからめは暫しもえせぬ
君なれば、かへりみぞせぬ。
あたらしや使はるる身の
口わるきわが内ぎみの
目をぬすみ、しつる粧《よそほひ》
いたづらになれど、わが恋
赤旗のとまるとおもふな。
横町《よこまち》にはやくも立名《たつな》。

「わたしは、人に使われている身分だが、このままでは惜しいと思い、「口わるき（ものごとを悪《あ》しざまにいう）」奥様（わたしのご主人さま）の目を盗んで、お化粧をする。折角のわたしの恋も、ちょっと見には、むなしい結果に終ったみたいにもみえるが、どうしてどうして「赤旗」を立てられて、停《と》まると思ったらまちがいだよ。それごらん、この「横町」あたりでは、はやくも、噂が立っているというではないか」

古語、俗語をまじえて、使っているし、それが、百年前には、どう通用したかも、はっきりとはわからないから、口語訳してみても、意味があるのかどうかはわかりにくい。

たとえば、自分が、使われる身で、おつかえしている奥方さまのことを「内ぎみ」などと、俗語として、百年前に言っていたかといえば、そんなことはなかったろう。

鷗外は、戦後の新風俗としての路面電車に目をつけて、小説を書き、詩を書いた。「旗ふり」もその一例であるが、単純に写実詩を書いたのではなかった。一篇の恋物語に仕立て上げて、物語詩、やや古風な恋物語の詩を書いたのだ。

音楽性と共に、物語性をも、この詩に具えさせたのだ。

第十四章　「明星」に見る鷗外の位置　「直言」解読

「明星」を読んで鷗外の位置を考える。薄田泣菫や与謝野寛の作品と読みくらべる。

鷗外が「腰弁当」の筆名で発表した詩は、「明星」（初出誌）に当ってみると、気の毒なぐらい片隅にある。たとえば「明星」午歳第七号（明治三十九年［一九〇六］七月）には、「かるわざ」と「三枚一銭」が載っている。

「明星」は、大判（B5判）の雑誌である。今でいうと「NHK短歌」とか「レ・パピエ・シアンII」とかがとっている判型だ。一般結社誌、「アララギ」や「未来」のA5判に対比して大きい雑誌だ。全一一二頁の中ほど七五頁から七六頁にかけて二段組の一頁と八行をとって印刷されている、「三枚一銭」の詩のあと、余白など置かず、与謝野晶子の「産屋日記」が組まれている。「産屋日記」は「美文」と目次に注してある。長男光の誕生が明治三十五年（一九〇二）の十一月で、そのあとの育児日記である。七頁余にわたっている。腰弁当氏の作は、いわゆる穴埋め記事みたいに扱われている。なおこの号には、どこにも腰弁当氏が森鷗外だという説明はない（ペンネームを解明することはしないのが普通だから、これは当然だが）。

この号のメインの作品は、一頁から三七頁まで続く、巻頭の「白羊宮合評」である。『白羊宮』は、薄田泣菫《すすきだきゆうきん》（一八七七―一九四五年）の代表詩集である。蒲原有明《ありあけ》（一八七五―一九五二年）と共に、泣菫・有明時代を創ったといわれた、新進の、新詩集を、与謝野寛、茅野蕭々《ちのしようしよう》、馬場孤蝶の三人が合評している。

『白羊宮』の巻頭の詩は「わがゆく海」で、合評の対象にもなっている。詩の感じだけをしめすつもりで、はじめの五行を出してみる。

わがゆく海

わがゆくかたは、月明りさし入るなべに、
さはら木は腕《かひな》たるげに伏し沈み、
赤目柏《あかめがしは》はしのび音に葉ぞ泣きそぼち、
石楠花《しやくなぎ》は息づく深山、――『寂静《さびしみ》』と、
『沈黙《しじま》』のあぐむ森ならじ。

こんな調子に文語で綴られた四連の詩で、最終連で、「わがゆくかた」は、「荒御魂、勇魚《いさな》とる子が／日黒《ひぐろ》みの〔日に焼けて皮ふの黒くなった〕広き肩して、いざ『慈悲』と、／『努力《ぬりき》』の帆をと呼びたまふ。」と答えを出すのだ。しかし、今読むと、この象徴詩は、あまり魅力がない。近代詩がたどらなければならなかった、ある場面だとは判っていても、どうも面白くない。事実、現代詩の世界で、いま泣菫や有明を読むことはほとんどない。

これに比べると「三枚一銭」のリアリズムは、おもしろい。「かるわざ」は、象徴詩としても読めるだろうが、軽業師の実際の場面を画いたととってもわるくない。

同じことは、「明星」未歳第八号（明治四十年［一九〇七］八月）に載った「直言」にも言える。

この号の巻頭は、鷗外より二十歳ほど若い茅野蕭々（一八八三—一九四六年）の「火の鼓」という総題のもとにあつめられた五篇の詩である。その号の巻末に小さく「社友動静　茅野蕭々、増田雅子は、馬場孤蝶氏の媒酌を以て、七月二十六日名古屋にて結婚式を挙げ、直ちに相携へて郷里信濃に帰れり」とあるところをみると、結婚のお祝いをこめて、蕭々の詩を巻頭に置いたのかもしれない。

なお、この号の巻末の広告欄には「謹告、七月下旬より、往復三十日間本社同人与謝野寛　平野万里　吉井勇　北原白秋　太田正雄　中尾紫川の六人、福岡、佐賀、長崎、鹿児島、大隅、日向、熊本地方へ旅行致し候間、此段該地方の新詩社同人及文芸同好諸君に謹告致し候」という予告が載っている。この予告通りの旅ではなかったが、いわゆる南蛮文学が始まるきっかけとなった旅であった。「明星」系の文学とか同人関係が大きく変っていく時代だったのである。
そこへ、穴埋め原稿みたいに取扱われていた、「直言」が、若者たちをさし置いて、新風を吹かせていたのだから、愉しい。

直《ちよく》言《げん》

金縁《きんぶち》目がね、バイシクル。
留守を使へど、まのあたり
帰るを見つと、上がり来る。

「是非高作の掲載を
こたびは許し給はりて
添へん次号の光彩を。」

「生憎《あいにく》何も出来合ひて
あらず、鼬《いたち》や道切りし、

インスピレエション無沙汰して。」

「そこを押してぞわれ願ふ。
たとひ詰まらぬ作にても
お名前あれば人は買ふ。」

金縁目がね、バイシクル
人は見掛によらぬもの、
此直言を敢てする。

ふちが金色の眼鏡をかけて自転車《バイシクル》にのって雑誌記者がやって来た。一応「留守」だと居留守を使ったのだが、「お帰りになるのを見てましたよ」とあがりこんで来た。バイシクルは当時まだ一般化していなかった、流行の先端だったろう。金ぶち眼鏡も決して、ほめ言葉じゃない。軽薄な記者めがといったところ。

ぜひともお作を、わたしのところの雑誌にのせて下さい。そして次号を光彩あるものにして下さい、などと言う。

いやあそんなこと言われたって、何にも作品などできていませんよ、鼬の道切り（往来・音信の絶えること）に遭ったんですかなあ、とんとインスピレエションも湧きません、と答えると、記者は「そこを、なんとかして下さい。たとい詰らぬ作品であっても、高名なあなたの名前さえついていれば読者は買いますよ」と言う。金縁目がねにバイシクルの軽薄男にしては、人は見かけによらないもんだ、こういう「直言」を言うではないか。あっぱれ、あっぱれ。

直言は本当のことである。作品の内容よりも作者名で本を買ったりするのはわれわれの常にやってることだ。それで案外、いいものをあてることも少くないのだ。

ただ、このような詩を書くこと自体は、鷗外だから出来るともいえる。こんな「直言」をあえてする記者がいるわけはないから、これは鷗外のアイロニーといっていい。

七・五調もなかなかうまく働いている。

「シクル」と「りくる」、「載を」と「彩を」、「合ひて」と「汰して」、「願ふ」と「買ふ」、「クル」と「する」。二重韻になったり、ならなかったりだが、脚韻は出来ている。

この号の巻頭に載っている、若手の茅野蕭々の詩よりも、鷗外の諷刺詩の方が、今のわたしには面白い。

「明星」のこの号の、「直言」に続く巻末の詩は、鷗外が、このころ、親近感をもっていた与謝野寛（鉄幹。一八七三—一九三五年）、鷗外より約十歳若い、寛の詩「傘」である。比較のために写して置こう。

傘

田町につづく溜池《ためいけ》の
日かげくわと照る大通《おほどほり》、
二つの肩に、まんまろな
濃き緋の色と、水色の
傘二つ舞ふ、くるくると

傘のなかにはひるがへる、
秋草染めし袖たもと。
稽古《けいこ》がへりの二人づれ
口拍子とる、ちん、つつん
傘二つ舞ふ、くるくると。

三味線の稽古がえりのお酌の女の子が二人傘をくるくるまわして行く。そこへ身分の違う女ののる馬車がくる。

この時来《きた》る、うしろより
輪に黄金《こがね》塗馬車一つ
中には三つの深張《ふかばり》の
真白き傘ぞ静かなる。
傘二つ舞ふ、くるくると。

お酌《しやく》の傘はつと別れ、
馬車をも遣《や》りぬ。乗りたるは
静かに、貴《あて》に、白き傘。
見送りもせず、両側に
傘二つ舞ふ、くるくると。

「深張の」とは肩まで覆ってしまうぐらい傘の骨組が湾曲させてあるということ。馬車にのっているのは「真白き傘」によって象徴される貴人であろう。これを受けて、お酌の二人は、二手にわかれて馬車をさきにやったが、別段見送るでもなく、くるくると傘を回しつづけた。

お酌の側に、寛の共感があることはたしかだろう。

小説「電車の窓」(明治四十三年[一九一〇]一月「東亜之光」)では、電車の停留所に、電車を待つ、役所帰りの男たち。それに混じる「僕」。それと、後に、「僕」によって「鏡花の女」（泉鏡花の小説に出て来そうな女、の意）と呼ばせている女。

「ある冬の午後四時半の市電（路面電車）の中が舞台である」（瀧本和成『鷗外近代小説集』第二巻解説）。一しょに市電に乗った女のことをあれこれと空想する「僕」。前部のドアから乗った女と「僕」のうち、女は空席があって座る。「僕」はつり革につかまって女の前に立つ。現実におきる二人の関わりといえば、背後の窓をしめようとして、うまくしまらない女のため、手つだって閉めてやり、「憚様《はばかりさま》」（今でいえば、ありがとうございます）と女から礼を言われる「僕」だけである。あとの内心の自問自答は、すべて「僕」のひとり芝居である。あとは、電車の発する音や、外の風景が、擬音入りで、書かれている。退屈といえば退屈な、電車小説だ。現代のバスか電車にまで引きつがれて来た、都会の交通機関による人と人との接触は、このころ、日本へ、初めて移入されたので、そのころはもの珍しかった。それを鷗外は、とらえた。

思えば、それまで、他人同士が、こういう形で、近づき相手を見、考えることはなかったのだ。「ふいと横町から自動車が飛び出して来て、ぶつぶつぶつと、厭《いや》な音をさせて線路を横ぎつて行つた」という描写もあるが、解説者の註記によると「明治四十二（一九〇九）年末現在、警視庁に登録された自動車数は六十一台だった」とのこと。珍しい、それも東京の町でたまに見られるだけの自動車を、鷗外は、わざと登場させている。

そういえば、さきに鷗外の詩「直言」に出てくる自転車も、柳田國男の『明治大正史』（一九三一）によると、明治末にイギリスあたりから輸入されたときの、バイシクルは、はじめ高級な、スポーツあるいは娯楽の具として入って来たものらしい。競技会などがひらかれている。柳田の本は、新しい交通機関についても一章をもうけているが、路面電車についてはふれられていない。全国にひろがった鉄道網について言ったり、人力車の隆盛と早い衰亡についてのべたりしている。

第十五章　「海のをみな」を読む

「海のをみな」の特殊性について考える。小堀桂一郎の「海のをみな」論を紹介する。

「直言」の、すぐ前にあるのが「海のをみな」である。詩集では、そういう順だが、初出発表の順は違う。

明治四十年（一九〇七）　八月　直言　「明星」
明治四十二年（一九〇九）　四月　海のをみな　「東亜之光」

ということなのである。

「海のをみな」は、鷗外の戦地から帰還後、三年たったときに作られた。これから紹介するように、『沙羅の木』の創作詩の中で、他の作品とは一風異にしている作品である。

「海のをみな」は、研究者たちが、象徴詩として推すところだった。それに反対するばかりが能ではないが、わたしはかねてから、他の十四篇とがらりと違っているところに、とまどいを覚えていた。

作品として、創作詩の最後の作品だと知れば、納得もいく。むしろ「直言」の後にこれを置いてもよかった。鷗外は、人を驚かすことの好きな人である。

「海のをみな」は、舞踏劇のようにも読める作品である。創作詩というより、訳詩のようでさえある。

海のをみな
海の辺《へ》に立《た》てり。　八音
身赤裸なり。　六音
足元に伏せる　八音
黒ずめる岩に　八音
かかれる緑の　八音
藻なせるわが髪　八音
風にぞ乱るる。　八音

ここまでで気がつくのは「わが髪」と、主体を示していることだ。次に気づくのは、八音であっても、五・三の八音と、四・四の八音とがまじっているところだ。今まで読んで来た創作詩とはちがうと思わせるのだ。

広き、広き浜。　　八音＝三・三・二
紺青《こんじやう》の水を　　八音＝五・三
湛ふる海原。　　八音＝四・四
弓なし曲れる　　八音＝四・四
一筋の白き　　八音＝五・三
小々縁《ささべり》は砕け散る　　十音＝五・五
波の水沫《みなわ》　　六音＝三・三

裸体のまま立っている女子〈われ〉の、その場所を、〈われ〉の視界に見る海や波を画いている七行である。八音で五行来て、十音六音で、すこし変調させている。「小々縁」は「笹縁」で、笹の葉の緑の色が、ふちのところが白くみえるように、海の青のふちである海岸線は波がよせて砕け散り、その水沫が白くみえるのである。

ここだの女子《をみなご》
皆裸なるが
沙に伏すもあり、
波かづくもあり。
真白き肉《しし》むら
あるは黄なる日を
射返しかがよひ、
あるは水の面《も》に
隠れて、しばらく
青魚《あをうを》の背なす
匂《にほひ》をぞ見する。
女子の顔は
いづれもいづれも
笑まひを帯ぶれど、
目差《めざし》ただならず
憎き嘲《あざけり》の
色に照り映えぬ。

〔ここだ＝「ここだ」と解す〕

たくさんの裸女たちの描写である。砂浜で甲羅干ししているのもあれば、海水浴しているものもある。特徴的なのは、女子たちの表情だ。笑みをうかべているものの、目差しには「憎き嘲」の色が浮かんでいる。

あなや。そがひとり
馳せ来《く》と見るまに、
右手《めて》わが左手《ゆんで》に
緊《きび》しくからみぬ。
振り放たんとす。
離れず。かなたへ
ただ引きにぞ引く、
美しき口を
方《けた》に見ゆるまで〔方＝四角〕
開《ひら》きて笑へり。
目石決明《あはび》の貝を
返したる如く

きらきらと照れり。
鱗光る
蛇《くちなは》のひしと
纏《まつ》はれたるにや譬《たと》へむ。
わが髪は空《そら》ざまに
立ち、肌粟立つ。

前方から走って来た裸女のひとりが、その右手を、わが左手にからませたのである。こまかい描写はともかくとして、状況はよくわかるのではないか。わたくしとしては、さあどうするか。

わが右手には利《と》き
剣《つるぎ》を持《も》ちたり。
さはれ切りつべき
心は起らず。
兵率《つはものあとも》ふ
人の駆引《かけひき》に
取る剣のごと、

〔率ふ＝引き連れる〕

ただ欛《つか》をひしと
握り持ちてあり。
われは女子を
見、目をめぐらして
持《も》たる刃《やいば》を見《み》、
引かれじとのみぞ
すまふ。ふと見れば、
海なる陸《くが》なる
女子の限《〔かぎり〕》
知らぬ詞《〔ことば〕》もて
囀《〔さえづ〕》りかはして、
われ等のめぐりに
輪を作り集《つど》ふ。
魚市《うをいち》の如き
腥《なまぐさ》き臭《にほひ》
我鼻を撲《〔う〕》てり。
輪はせばまり来ぬ。

〔欛＝柄《え》と同じ〕

〔すまふ＝争う〕

たくさんの裸女たちは、異国語を語る連中で、輪をつくってあつまって来た。魚みたいななまぐさい体臭の連中だ。
「わが右手には」鋭い剣を持っていたのである。かといって、その刃で相手を切りつけようとは思わないのだ。

わが左手取れる
女《をみな》の体《からだ》と
輪をなす女の
体と相触る。
左手引く力
加はり加はる。
波打際へぞ
やうやう引かるる。
わが右手には利《と》き
剣を持ちたり。
輪をなす女も

身にはえぞ触れぬ。
あな、我はかくて
海のいづくへか
引かれて行くらむ。

〔身に触れることができない〕

詩はここで終る。どうやら輪となって囲む女たちと、最初、わが左手に、その右手をからませた女とは、同じ仲間らしい。結局は、「我という女」は、海のどこかへ引かれて行く運命にあるらしいのだ。

ここまで読んだところで、この作品を推す研究者の意見をきいてみたいと思う。「海のをみな」について、二人のドイツ文学者たち（比較文学者たち）がどう言っていたのか、富士川英郎の「沙羅の木」論を読んでみたが、直接の言及はない。

小堀桂一郎の方は、『鷗外選集』に次のような解説があった。

「沙羅の木」〔創作詩の部分をさす〕の中で最もおそい作品は「海のをみな」で、これは「空洞」（因みにこの作にも一行置きに二重韻の脚韻が二度づつ現れる）と共に、平明な写実風を主調とする「沙羅の木」の中では異色な、幻想的詩情を湛へた作品で、妖しい官能的な刺戟と、人の意識下に漠然と蟠《わだかま》る生の不安・恐怖とが綯ひ交ぜになつて襲つてくるやうな不思議な味はひのものである。

しかし、「海のをみな」はそんなに「幻想的」とか「妖しい官能的な刺戟」をもったとかいった作品であろうか。わたしには、西欧絵画に見られるような裸婦群像に模して作った、軽い試作品のように見えてしまうのだが。

第十六章　創作詩から訳詩の世界へ移る

「腰弁当」の筆名で書かれた創作詩についての富士川英郎の説を検討する。デエメルやクラブントの訳詩を見る前に、川路柳紅、高村光太郎のそのころの詩を考える。

『沙羅の木』　大正四年（一九一五）九月刊

富士川英郎「詩集『沙羅の木』について」昭和三十二年（一九五七）（一―二月「比較文学研究」）と並べてみる。この間に四十二年の歳月がすぎている。小堀桂一郎が力をこめて推賞する富士川の論文は貴重である。しかし、詩集出版から四十年ものあいだ、誰も、『沙羅の木』を研究し評価する者がなかったことの方が異常だったともいえる。

この富士川にしても、詩の一作一作について（わたしが今までやって来たような）語釈、大意、評価といった詳論を展開しているわけではない。

たとえば「かるわざ」という詩がある。

かるわざ

立見《たちみ》塞《せ》く幕を卸しし
薄あかり。むかしの都盧《とろ》の
裔《すゑ》か。子を竿にのぼらす。
しだり葉の蛙《かへる》とすがり、
鳥と羽根のし、蝙蝠《かはほり》と
さがり垂《た》る。見《み》る人《ひと》はやす。

立見塞く幕を卸しし
薄あかり。僻目《ひがめ》か。あらず。
見よ。子落つ、剣《つるぎ》の上に。
さるをなぞ。泣《な》きいざちこそ
聞え来ね。奥津城《おくつき》無言《しゞま》。
鈍き目に衆人《もろびと》見やる。

立見塞く幕を卸しし
薄あかり。肩ぎぬの人
おごそかに汝《なれ》もと呼びぬ。
第二の子のぼりぬ。落ちぬ。
然《さ》あるべき戯《たはぶれ》のごと
鈍き目にもろ人見やる。

立見塞く幕を卸しし
薄あかり。登りて落つる
子いくたり。鵙《もず》のはやにへ。
獺《かはをそ》は魚《うを》をぞ祭る。
幕の闇とはに贄〔にへ〕呼ぶ、
人鈍き目に見る前に。

これについて、富士川は、この詩の発表当時の、上田敏の評をまず引いている。
「腰弁当氏〔鷗外のこと〕の《かるわざ》功名利達に走る、人生惨事あるは芸術苦心の象徴詩とおぼしく、高価なる成功の一面を示さむとす。げに今の世は《鵙《もづ》の速贄《はやにへ》》」（明治三十九年〔一九〇六〕八月、「芸苑」)

こういうのである。「かるわざ」の見せものとして子供(少年だろう)を竿にのぼらせて、モズが獲物を枝に突き刺すように、そこから「剣の上に」子供が落ちるところを見させる。

富士川英郎がこれにつけ加えた解釈は、次のようなものだ。

鷗外がこの詩で歌おうとしたことも、おそらくそんなところにあったろう。高い竿にのぼってさまざまの曲芸を演ずる軽業師の子が、足をすべらせて、つぎつぎに墜落してくるのに、見物人達はまるで墓場のように寂として、(「奥津城《おくつき》無言《しじま》」)、声ひとつ立てずに、それを鈍い目で見つめているという。これは冷酷で、非情な世間や公衆の見ている前で、功名心や物欲にかられて、一身の栄達をはかる人々の危い世の中の綱渡りを諷したものとも、生命《いのち》をかけてその道に精進する芸術家の悲劇を象徴した詩であるとも、その他さまざまの解釈が可能な詩であろう。〔中略〕いずれにしても腰弁当氏のこの「かるわざ」という詩は、曲芸師の悲惨な境涯を歌って感傷に随さず〔略〕それを知性によって組み立て、その奥に一種の文明批評のようなものさえもただよわせている点で、明治三十年代には稀れな象徴詩であったと言うべきで、その背後にリリエンクローン以後のドイツ近代詩に親炙した詩人鷗外が立っていることは否定できないところであると思う。

こうした見解について、納得がいくかどうかというと、わたしは、折角この難解詩について貴重な解が与えられたにもかかわらず、どうも、納得しにくいのだ。

鷗外の、「腰弁当」と名のる詩は、写実性がつよかったのだから、「かるわざ」も、鷗外が、ある日、「かるわざ」師の興行を見にいったときの詩だと考えてもいいのではないか。

軽業は、むろん見世ものだから、そこで人が（特に「子」が）次々に死ぬわけはない。軽業の特訓をうけた少年たちが、次々に竿にのぼって業《わざ》をみせたあと、剣へ向かって落ちてみせる。しかしそれも軽業の一つで、セーフティネットへ落ちたのである。そして観客もそれを知っているから特に感動もあらわにしない。あとで少年たちは舞台の前面にならんで人々の拍手で迎えられるのだろう。それを、現実に剣に向かって身を投げる少年のように画いてみせて、人々の反応のにぶさを嘆いたのは作者の意図で、そこに劇を一つ夢想したのである。

かといってそれが、上田説のように「功名利達に走る、人生惨事あるは芸術苦心の象徴詩」などととるのは、いささか深読みしすぎではないだろうか。

これは、軽業師の軽業の中に、人間の死さえ、一つの比喩として、包括されていること、なんでもないドラマの場面に人生の真実をみること、それを「かるわざ」を見ながら夢想した鷗外の体験記だったのではあるまいか。

富士川英郎は、また、次のようにも言う。

時は移って大正三年（一九一四）二月、雑誌「我等」に鷗外の「訳詩九篇」が載せられ、つづいて六月の同誌に「訳詩十一篇」が掲載された。前者はデーメル、後者は当時のドイツにおける新進詩人クラブントの詩の翻訳であり、ともに大正四年九月発行の『沙羅の木』の「訳詩」部に収められて、この詩集の巻頭を飾っている。

あらためて言うまでもないが、不思議な構成の本である。百年のあいだに、この不思議な本について論じた人がほとんどいなかったため、同時代人の感想は、知ることが出来ないが、訳詩・創作詩・短歌集という構成には、作者の読者への謎かけを感ずる。

いま、これらの訳詩について見ると、これは翻訳であるとはいえ、鷗外が口語を使って詩作した最初の作品であることと、腰弁当氏の詩篇から「我百首」を経て、彼がたどり着いた詩歌の道のうえでの一つの帰着点であるという二つの点で、極めて注目に価するものとなっているのである。

こう言って富士川は、当時までの「口語自由詩」の歴史をかえりみる。

明治末期からの川路柳虹らによる試作。

大正三年、高村光太郎の『道程』が出た。すでに当時のいわゆる「現実派や生活派」の詩人たちによって作られていたが、その実作の多くは「低調」「粗雑」「未熟」だった。だから、鷗外のデーメルとクラブントの訳詩はこの時に当って、その大胆で、自由で、しかも格調の正しさを失わない、口語の使いざまによって、当時の口語自由詩のために、一つの明るい未来への展望を拓いたものと言えよう。

ここに名の挙がっている柳虹、光太郎そして、鷗外の影響をうけたと言われている「感情」詩派の詩人、萩原朔太郎や室生犀星たちの実作はどうだったか。

柳虹『路傍の花』（明治四十三年［一九一〇］刊）の「吐息」という詩を引く。

吐息

沈黙の庭、秋の匂ひ…………
いつかしら夜が潜んでゐる、
いつかしら月がさしてゐる、
樹《こ》の間を濤《こぼ》れる光りも蒼ざめ、

痛ましい影は叢《くさむら》に慄《ふる》へて、
指を組み結んだ涙と悔のおのゝき…………

池のおもてには憂愁が銀色に曇り、
繊細《かぼそ》い白楊《はくやう》の金の落葉が飛び散つてゆく、風…………

乱れる光りは樹の葉の暗みに、落葉の上に、
またわが空ろな腕《かひな》のうちに、
涙さめざめとした君の面《おもて》を…………

いつかしら夜が嘆き、
いつかしら夜が青ざめてゐる

柳虹の詩の、サンボリスム風の技巧と、口語の使い方に一応注目して置きたい。
高村光太郎の「根付の国」（明治四十四年［一九一一］）、「スバル」に載って後に『道程』（大正三年［一九一四］刊）に収められたのを引用する。

根付の国

頬骨が出て、唇が厚くて、眼が三角で、名人三五郎の彫つた根付《ねつけ》の様な顔をして
魂をぬかれた様にぽかんとして
自分を知らない、こせこせした
命のやすい
見栄坊な
小さく固まつて、納まり返つた
猿の様な、狐の様な、ももんがあの様な、だぼはぜの様な、麦魚《めだか》の様な、鬼瓦の様な、
茶碗のかけらの様な日本人。

西洋かぶれして帰国した日本人の、自国民へのメッセージなどと解くよりも、「…の様な」という直喩のもつユーモアとアイロニーを見て置きたくなる。

富士川によると、デエメルの詩集として『美しい、野蛮な世界』には八十五篇の詩がある。鷗外はその中から九篇を選んで訳した。

『美しい、野蛮な世界』はデーメルとしては晩年の詩集で〔リヒァルト・デエメル、一八六三—

一九二〇年であって、『美しい、野蛮な世界』は一九一三年に出たからデエメル五十歳である」、ここには嘗ての『けれども恋は』や『女と世界』等にあった感情の狂奔や、生のデモーニッシュなリズムのうねりなどは、あまり見出されない。

日本の文学者は、デエメルの優れた訳詩集をもたないまま過ぎてしまった。その点は、ライナー・マリア・リルケと大きく違っていた。

若き日の斎藤茂吉が、鷗外の影響をうけて、『デエメル詩集』を自ら訳して出すつもりだったことはよく知られている。「アララギ」にはその予告まで出ていたのだが、訳稿はたぶん、大正十三年（一九二四）十二月、ドイツ留学から帰国する直前に失火によって青山脳病院が全焼した、そのときに、失われたものと思われる。デエメルの詩人としての評価も第一次世界大戦の後は落ちてしまったので、日本の文壇や詩壇で、デエメルが話題になることは、ほとんどなかった。

『ドイツ名詩選』（岩波文庫）の「詩人略伝」によるとデエメルは「東ドイツはブランデンブルクの小村に林務官の息子として生れ、大学卒業後保険会社に勤めるかたわら、詩集『救済』（一八九一）『けれども愛は』（九三）を発表したのち九五年より創作に専念。神秘的形而上的なエロスによる世界の救済願望があり、社会的なものへも眼を向けた。詩集『女と世界』（九六）、『美しき野性の世界』（一九一三）の他、劇作、童話などがある」。

これだけの説明では、デエメルの詩についてはなにもわからない。『ドイツ名詩選』には「期待」一篇が載っているだけだ。ホフマンスタールやゲオルゲと比べても扱いは軽い。たとえば『リルケ詩集』は、岩波文庫で今読めるのが、高安国世訳と茅野蕭々訳と二冊もあるのだ。

嘗てのデーメルの詩に共通する混沌とした無形式とか、粗野とかいう欠点が、この詩集〔『美しい、野蛮な世界』のこと。Wildeを「野性」と訳するか「野蛮」と訳するかで、大きく印象がちがうが〕では薄らいで、ここには永年人生の風霜にさらされて齢いを重ねたひとりの詩人の落着いた智慧や情感が、年輪のように美しく沈潜しているとも言えるのではなかろうか。そして鷗外が専らこの詩集のなかから数篇の詩を選んで翻訳したのは、これがデーメルの最近の詩集であるという理由のほかに、デーメルと同じくその頃五十の坂を越えていた彼が、〔鷗外はデーメルより一歳年長である〕、そこに見出される成熟した、人生智に共鳴し、それを喜んだからではあるまいか。

（富士川英郎）

第十七章　デエメルの訳詩「泅手」を読む

デエメルを読みつつ、寓話詩あるいは箴言詩としての性格とくらべるために茨木のり子と石原吉郎の詩を引用した。

前章の最後に引用した部分につづいて鷗外の訳した「泅手《およぎて》」を富士川は引いている。「泳」「游」のかわりに「泅」を使っている点に、鷗外らしい漢語ごのみのみえる詩である。

泅　手

助かつた。さて荒海と闘つて
纔《わづ》かに贏《か》ち得た岸の土を手で撫でた。
その土をまだ白沫が鞭打つてゐる。
さて荒海を顧みた。

さて灰色な陸の四辺《あたり》を見廻した。
陸は昔ながらの姿に、固く、又重くるしく、
暴風の中に横《よこた》はつてゐる。

ここはこれからも不断の通であらう。
さて荒海を顧みた。

白沫は「白い泡《あわ》」である。「この訳詩の第一連三行目の「その土」は、「その手」とした方が原語により忠実であろうし、第二連二行目の「重くるしく」にも訳語としてなお推敲の余地があるように思われるが」と富士川は、注文をつけながら、「しかしぜんたいとしてこれは主格を言わずともすむ日本語の長所を利用した、簡潔で余情に富んだいい訳である」と結論づけている。
原詩は次のようなものだ。

Der Schwimmer
Gerettet! Und er streichelt den Strand,

um den er rang mit dem wilden Meer;
noch peitscht der weiße Gischt seine Hand.
Und er blickt zurück aufs wilde Meer.

Und blickt um sich ins graue Land;
das liegt im Sturm, wie's vorher lag,
fest und schwer.

Da wirds nun sein wie jeden Tag.
Und er blickt zurück aufs wilde Meer——

たしかに原作のドイツ語をたどってみると、主語はer（第三人称単数、かれ）である。かれは泳ぎついた岸でいままで泳いで来た荒海をふり返っている。

三行目の「seine Hand」の「Hand」（手）というのは、泳ぎ手である彼の手だろうか。白沫が鞭打っている対象が、荒海の岸だとすれば、それを「岸の土」と訳した鷗外は、意訳したのだろうか。「seine かれの」の「かれ」をどうとるかという、訳者の見解の差ということだろうか。

わたしは、この訳詩を読むたびに気になっていたことがある、それは「Und」（英語 and と同じ）の訳として「さて」という日本語を使った鷗外の意図である。これは「そして」ではいけないのか。

「さて」は「扨」などとも書く。「ところで」と同じく、それまでの話をうけつつちょっと場面を変えるのに使うことばだろう。この詩の場合、「そして」「そしてそれから」でもいいような気がする。「そして、それから荒海を顧みた。」でいいのではないか。この「さて」を鷗外は意図的に用いている。詩をやや軽く「格言詩や寓話詩」（富士川の説）にするために、一見深刻そうな、荒海をのがれて助かった男（漁師だろうか）に「さて」と言わせたようにもみえる。

わたしは「さて」なんて訳語も、今はあまり気にならない。「荒海」と闘って生きのびた者が、岸から荒海をかえりみるときの思いが、歌われている。これは、比喩だとして、ごく平凡な比喩にはちがいないが、鷗外の訳詩は、なかなか重厚で、単に、海と陸を対照的に捉えているだけではないのに気づく。

助かって、岸に這い上ったその「岸」なるものは「纔《わづ》かに贏《か》ち得た岸」なのであり、やっと帰って来た「陸は昔ながらの姿に、固く、又重くるしく」「横はつてゐる」のである。海よりもはるかに暖く自分を迎えてくれる場所というのでもなさそうだ。「ここはこれからも不断の通であらう。」と作者は呟いているのだ。

原詩と鷗外の訳詩とを見比べると、いろいろな感想が湧く。

たしかに、この日本語の詩は、主格が問題なのだろう。誰が主人公かという点で鷗外の訳詩は、原詩とは違っている。それは鷗外の書きかえであり、創作だったともみえる。

デエメルの原詩の主人公は『かれ』である。

一行目を直訳すれば、「かれは救助された！　そしてかれは波打際の岸を手で撫でた」ということになるだろう。鷗外は、それを「助かった！」と、まるで第一人称のわたしの声みたいに訳した。

原詩の三行目は「その渚の回りで、かれはあの荒海と闘ったのであるが！」とでも直訳できるだろう。ドイツ語の語り方としては、先に、一行目で「strand」（渚）を出して、二行目で、その渚のめぐりの荒海とかれは格闘したのだ、と語る。

訳詩では、「さて荒海と闘つて／纔《わづ》かに贏《か》ち得た（やっとたどり着くことのできた）岸の土を手で撫でた。」となる。すべて、「わたし」（およぎ手の男）の独白として訳されている。

富士川の指摘するように、原詩では第三行目に「seine Hand かれの手を」とある。鷗外は、この「Hand」というのを、わざと、岸の土にすりかえたのに違いない。あくまでこの詩を、主格の男の独白として貫いてみせたのである。

そう考えると、訳詩も、つまりは訳者による創作詩だということを、この「泅手」という作品も示しているといえる。

原詩は、ドイツ語を知らない人でも（わたしのようにわずかに知っている者なら尚さらだが）行末の「Strand」（一行目）と「Hand」（三行目）とか「Meer」（二行目と四行目）とかが、脚韻を奏でているのがわかる。それは、第二連の三行目のschwerにも響いており、詩の終りの「Meer」とも響き合っている。

頭韻というほどでもないが、「Und」(「そして」の意。鷗外訳では「さて」)という音韻も、響き合っているようだ。つまり、デエメルは、散文的に状況を画いているのではなく、音楽的要素を考えながら、この詩を書いているのだ。

鷗外の訳詩を一篇の人生寓話詩あるいは箴言詩として読んでみる。そうすると、わたしなどが、人生の争闘を諷刺しているなと思うのは、第二連の「陸は昔ながらの姿に、固く、又重くるしく、／暴風の中に横はつてゐる。」というところである。泳ぎ手の男は、荒海と闘って、やっと岸にたどりついた。「助かった！」と思ったのも束の間のこと。やっと戻って来た陸地が「昔ながらの姿で固く重くるしい」ものだったのだ。海も荒れれば大へんではあるが、かといって陸地も安らぎの地ではないのだ。そして「ここはこれからも不断の通であらう。」(変りばえもしない、世界なのだ)という認識におちつく。と読めば「さて荒海を顧みた。」の最終行の感慨も、単純ではない。荒海が、なんとなく、なつかしい場所のようにさえ思われるのではないか、と読みとくことも出来るのだ。

こう考えてくると、デエメルの訳詩などが、『沙羅の木』の中の創作詩「沙羅の木」(今まで一作、一作、読んで来た詩であるが)と、ひょっとすると、うまくつながるかもしれない。

現代の詩の中に、寓話詩とか箴言詩に近いものはあるか、といえば、ないことはないだろう。

誰でも思いつくのは、茨木のり子の詩だろう。高名すぎる詩だが「自分の感受性くらい」を引いてみよう。

自分の感受性くらい

ぱさぱさに乾いてゆく心を
ひとのせいにはするな
みずから水やりを怠っておいて

気難かしくなってきたのを
友人のせいにはするな
しなやかさを失ったのはどちらなのか

苛立つのを
近親のせいにはするな
なにもかも下手だったのはわたくし

初心消えかかるのを
暮しのせいにはするな
そもそもが　ひよわな志にすぎなかった

駄目なことの一切を
時代のせいにはするな
わずかに光る尊厳の放棄

自分の感受性ぐらい
自分で守れ
ばかものよ

三行一連にして六連の詩である。人に向かって問うているのではなく、自分に向かって「ばかものよ」と呼びかけているのである。いくつかの言葉には、かろうじて詩語としての輝きがある。しかしすこしわかり易すぎるという不満はあるだろう。

石原吉郎の「馬と暴動」はどうだろう。少し長いが、これも寓話詩だ。それも難解な寓話詩だ。

馬と暴動

われらのうちを
二頭の馬がはしるとき
二頭の間隙を
一頭の馬がはしる
われらが暴動におもむくとき
われらは　その
一頭の馬とともにはしる
われらと暴動におもむくのは
その一頭の馬であって
その両側の
二頭の馬ではない
ゆえにわれらがたちどまるとき
われらをそとへ
かけぬけるのは

その一頭の馬であって
その両側の
二頭の馬ではない
われらのうちを
二人の盗賊がはしるとき
二人の間隙を
一人の盗賊がはしる
われらのうちを
ふたつの空洞がはしるとき
ふたつの間隙を
さらにひとつの空洞がはしる
われらと暴動におもむくのは
その最後の盗賊と
その最後の空洞である

第十八章　デエメル「海の鐘」を読む

「海の鐘」を読みつつ鷗外の妹小金井喜美子を思い出し、「ミニョンの歌」を引いたり、昔の訳詩集『於母影』に話を回したりした。

デエメルの訳詩九篇の、最初の詩は「海の鐘」だ。
デエメルが生まれたブランデンブルクは、地図では、バルチック海に近いから、海が詩に出てくるのは生地と関係があるのかもしれない。

海の鐘

漁師《れふし》が賢い倅を二人持つてゐた。
それに歌を歌つて聞せた。
「海に漂つてゐる不思議な鐘がある。

その鐘の音《ね》を聞くのが
素直な心にはひどく嬉しい。」

一人の倅が今一人の倅に言つた。
「お父《と》つさんはそろそろ子供に帰る。
あんな馬鹿な歌をいつまでも歌つてゐるのは何事だ。
己は舟で随分度度暴風《あらし》の音《おと》を聞いた。
だがつひぞ不思議な鐘は聞かぬ。」

五行一連で全部で六連の詩である。漁師の父親の方は、二度童《にどわらし》（「そろそろ子供に帰る」年齢）の老人。だから「あんな馬鹿な歌をいつまでも歌つてゐる」云々と息子から言われたりする。しかし、詩として読むと「海に漂つてゐる不思議な鐘」というのは仲々いい。漁師が、仕事の場である海の中の鐘の音を聞く。わたしたちも、また、長年にわたって同じ仕事についていると、その仕事場で「不思議な鐘」の音を聞くことがないとはいえない。仕事の場が、海という自然界であれば、なおさらのことだろう。
息子の一人は、まだその境地に達するほどの経験をしていないだけのことかもしれない。

今一人が云つた。「己達はまだ若い。
お父つさんの歌は深い記念から出てゐる。
大きい海を底まで知るには
沢山航海をしなくてはならぬと思ふ。
そしたらその鐘の音が聞えるかも知れぬ。」

もう一人の息子には父への信頼があり、父の経験への敬意があった。「深い記念から出てゐる」の「記念」というのは、ドイツ語では記憶という語と同じである。現代風には「深い記憶から出てゐる」と訳しても同じことだ。父親の体験の深さ、体験の記憶の重複から「お父つさんの歌」が出ているのかもしれない。「大きい海」の、測り知れない深さを、このもう一人の息子は知っていた。二人の息子のあいだに、これだけの差があることは、よくあることだ。それは、同じ海で航海や漁をしていても、若い二人のあいだに、体験の違いが出ることをデエメルは知っていたということだ。デエメルの訳詩九篇は、大正三年（一九一四）二月一日「我等」第一年二号に発表されている。鷗外は五十二歳である。「大塩平八郎」「堺事件」「安井夫人」といった歴史ものを書いているころだ。子供の年齢は、長男於菟（先妻登志子との子）は二十四歳、長女茉莉十一歳、次女杏奴五歳、三男類三歳。陸軍軍医総監で、陸軍省医務局長である父鷗外に、生意気なことを言いそうなのは、同じく医の道へ進んだ長男の於菟であろう。

わたくし事になるが、わたしも、エンジニアであり斎藤茂吉の門弟であった父と、二十代から三十代にかけて、しばしば激論をかわした。父の「記念」の深さに気付いたのは、かなりおそく四十代に入ってからであった。弟は、ある製紙会社のビジネスマンだったが、労組の仕事などで苦労した故もあってか、常に此の世に向かう態度が、わたしと違っていた。会社という組織で揉まれたという体験を、父と共有していたかれは、わたしとは父への見方が違っていたのだ。

鷗外は、五十代に入り、退官を二年後に控えて、自分がもう晩年の時期にさしかかっているのを自覚していたろう。文学者としても歴史ものという新しい分野に入っていたし、やがて、退官する五十四歳時には、いわゆる史伝もの「渋江抽斎」を新聞に連載しはじめるのである。そのころの、長男於菟との関係については『父親としての森鷗外』（筑摩叢書　一九六九）という本があるから、わたしはそれを何度目かの拾い読みをしながら、デエメルの詩に対《むか》うこともできるのである。

そのうち親父が死んだので、
二人は明るい褐色の髪をして海へ漕ぎ出した。
さて白髪になつた二人が
或る晩港で落ち合つて、
不思議な鐘の事を思ひ出した。

一人は老い込んで、不機嫌にかう云つた。
「己は海も海の力も知つてゐる。
己は体を台なしにするまで海で働いた。
随分儲けたことはあるが、
鐘の鳴るのは聞かなんだ。」

今一人はかう云つて、若やかに微笑んだ。
「己は記念の外には儲けなんだ。
海に漂つてゐる不思議な鐘がある。
その鐘の音を聞くのが
素直な心にはひどく嬉しい。」

詩では、第二連で父親に批判的だった息子は、「老い込ん」だ今も、「海の鐘」の音は聞くことが出来ない。その代り、というと何だが、漁で「随分儲け」ることができた。財と海の鐘は、どうやら、仲がわるいらしい。

もう一人の息子は、「記念の外には儲け」ることはなかった。つまり、仕事のつみ重ねの中に意味をみとめたが、財は積むことがなかった。その代り、「海に漂つてゐる不思議な鐘」の音を聞いて、喜ぶことができたのである。二人の息子のうち、あとの方の息子の働き方と、考え方に、デエメルは共感し、鷗外も、共感しているのである（言い忘れたが、「己」は「おれ」と読むのだろう）。

　鷗外自身の父、そして兄弟姉妹の場合はどうだったろうか。鷗外の父静男は、津和野藩典医であった。鷗外はその長男。弟篤次郎が一八六七年に生まれている。鷗外より五歳年少である。妹キミ（喜美子）は一八七〇年生。鷗外より八歳年少である。さらに弟潤三郎が一八七九年に生まれる。鷗外より十七歳年少である。この三人のうち篤次郎は（医師であるが）鷗外四十六歳（一九〇八年）のとき病死している。

　鷗外の妹キミ（小金井喜美子）には、『鷗外の思ひ出』『森鷗外の系族』の著書があり、よく知られている。潤三郎には『鷗外森林太郎伝』があるが、これらは鷗外の没後の著作である。鷗外が、生前に父に対し、また妹や弟についてどう思っていたか。わたしは、喜美子がS．S．S．（新声社）の一員として、兄の鷗外と共に訳詩集『於母影』を出したことを思う。鷗外二十七歳、喜美子十九歳。明治二十二年（一八八九）のことだ。有名な「ミニヨンの歌」も、この若い兄妹による合作と考えられるのだ。わたしは今まで、かれらの年齢のことなど考えることなく、この訳詩を読んで来た。

ミニヨンの歌

其　一

「レモン」の木は花さきくらき林の中に
こがね色したる柑子《かうじ》は枝もたわゝにみのり
青く晴れし空よりしづやかに風吹き
「ミルテ」の木はしづかに「ラウレル」の木は高く
くもにそびえて立てる国をしるやかなたへ
君と共にゆかまし

「其一」だけを掲げた。この原詩は、ゲーテの小説『ヴィルヘルム・マイスターの修行時代』の第三巻第一章の冒頭に掲げられたもの。「日本近代文学大系52」『明治大正訳詩集』（吉田精一解説、小堀桂一郎ら注釈）の中で、詳細な解説や注釈と共に読むことができる。

しかし、デエメルの詩から流れて来た話の中で言うならば、鷗外の日露戦争後の回想として次のような言葉があることが興味をひく。

〔『於母影』の詩は〕何の方鍼《ほうしん》もなく取りて、何の次第もなく集めたるものなれど、社〔新声社〕

中の人々がしのばずの池に臨める楼上に夜を徹して、此一巻を編み成しし時を憶ひ起せば、毎篇毎闋《けつ》〔曲と同意〕毎句毎字、一として深き感慨の媒《なかだち》ならぬはなし。（『水沫集』改訂版、明治三十九年〔一九〇六〕五月刊）

この、上野の不忍池を見下ろすことのできる「楼上」というのは、当時の鷗外が、初めて一家をかまえて住んだ、花園町の家の二階の座敷のことである。それをまるで池のほとりに立つ料亭みたいに書いているのもおもしろいが、詩の一つ一つについて、その「毎闋《けつ》」「毎句毎字」に「深き感慨」を覚えるというところも、充分、読み解いて置く方がよさそうだ。

なぜなら、『於母影』の訳者については、従来、諸説ふんぷんなのであって、たとえば今引用したゲーテの「ミニヨンの歌」についてだって、研究者が小金井喜美子だと言ったかと思うと、本人が回想文の中で否定したりしている。だから、いろいろ読んだ上でわたしなどは「要するに、これらの詩は、一人の訳出せるものを共閲、各々意見を闘はした上、推敲の結果得られたものと見るべきで、各自の分担に就いて当事者間の記憶に齟齬を生じたのもその為であり、また訳者がS・S・S〔新声社〕と署名されて居る所以であろう」（矢野峰人「於母影——概説」『近代詩の成立と展開——海外詩の影響を中心に』日本比較文学会編　矢島書房　一九五六）というのを、一応の結論としておく気になって来るのだ。

昭和三十一年（一九五六）、喜美子が八十六歳で没した直後に、その遺著として出た『鷗外の思ひ出』（八木書店刊、現在岩波文庫に復刻されている。『鷗外の思い出』一九九九）の中で喜美子は、次のように言っていた。

〔花園町の家というのは〕中廊下の果の二間がお部屋、そこから上った二階がお書斎でした。八畳くらいでしたろうか。折廻しの縁へ出て欄干に寄ると、目の下の中庭を越して、不忍池の片隅が見えます。〔中略〕お客様でいつも夜が更けます。その頃西洋の詩を訳して『国民之友』へ寄せることになって、お兄様〔鷗外のこと〕が文字と意味とをいって、それぞれにお頼みになります。中には意味だけいって、お自由にと仰しゃるのもありました。名のある方にまじって、私のような何も知らぬ者が片隅に首をかしげていた様子を思いますと、いくら昔のことでも背に汗が流れます。

S.S.S.の中でドイツ語を解していたのは鷗外の外では当時医学部を出たての井上通泰（のちの眼科医）だけだといわれているが、通泰のドイツ語は医学生のドイツ語で、ドイツ留学をへている鷗外とは比べものにならなかったろう。喜美子が回想しているように、はじめ鷗外が、文字と意味とを述べて、それを各自に渡し、おのおのが日本語にしたのだ。だから、喜美子は、その詩才を発揮して「ミニヨンの歌」の日本語の詩を作ったということだ。まさに「社中の人々」全員の合作だったのだろう。その、八畳間における徹宵した一夜の思い出を、鷗外は、十七年後になつかしく回想したのであったろう。

デエメルの詩の中の漁師の二人の息子の、その父親に対する態度の違いを考えるとき、これを訳しながら、鷗外自身が、自分自身の場合に置き換えて考えなかったろうか、という話をして来たのであった。

しかし、この話は、どうも成り立ちそうにない。明治維新という激動の時代を背景にして、旧藩津和野から旧主君と共に上京した父静男である。上京したあとも旧藩主の侍医をつとめている。同時に開業医でもあった。

口下手を自称する、この父静男のために、向島の医師会に呈出する文書を、十九歳の鷗外林太郎が代作したりしている。そういった親子の間柄の和合協力のありさまは、喜美子の『鷗外の思ひ出』のいたるところに書かれている。何十年の長い間、海という、不変の環境で働く漁師とは、全く違った状況で、森一家は働いたのだ。

「海の鐘」を、鷗外は一篇の物語詩として読んで、素直に訳出したと考えてよかろう。

第十九章　クラブントの訳詩「物語」を読む

クラブントという作者について当時の鷗外はよくは知らなかった。クラブントの私歴で今わかっていることを紹介する。鈴木信太郎の『フランス詩抄』からバラッドの定義を読む。

『沙羅の木』の中の訳詩としては、デエメルと並んでたくさん訳されているのは、クラブントという詩人の詩である。富士川英郎は、「〔デエメルの〕「海の鐘」はのちのクラブントの「物語」とともに感銘の深い訳詩であるが、これはともに口語による「物語詩《バラード》」をいち早く確立したものであると言っていい」と言っていた。

『沙羅の木』という詩集が大正四年（一九一五）に、阿蘭陀《オランダ》書房から出たときに、一般の読者は、デエメルとかクラブントとかいう作者名から、すぐにその作者像を思い浮かべたかといえば、そんなことはないだろう。とりわけ、クラブントという詩人については、はてこれは何者と思ったに違いない。

鷗外の「序」文では、「殆《ほとん》ど無名の詩人たる青年大学々生の処女作」とか「クラブンドといふ匿名の下に公にせられた集の中の作」（鷗外はクラブンドと書いている）とかいった程度に、作者についてふれているに過ぎない。読者は、クラブントという人は若い、大学生詩人なんだなという位の知識だけで、鷗外の訳詩を読んだわけである。
クラブントの略歴を『ドイツ名詩選』（岩波文庫）から引用する。

クラブント（Klabund　本名 Alfred Hanschke　一八九〇―一九二八）西プロイセンのクロッセン（現ポーランド）に生れ、スイスのダボスに死ぬまで、肺病（肺結核症）でサナトリウムに出入りしながらボヘミアン生活を続け、ヴィヨン風の大道芸人の歌や短篇を書く一方、日本、中国、ペルシャ等の作品を翻案した。もっとも成功したのは戯曲『白墨の輪』（二五）で、のちにブレヒトが取り上げる。

ボヘミアン生活だとかヴィヨン風（十五世紀フランスの詩人）とかいった、昔ならあっさりまかり通った説明語が、現代の読者にどの位通ずるのか、わたしにはわからない。だが、わたし達は、大正四年つまり約百年前の読者とは違うから、乏しい材料からでも少しずつクラブントのことを調べてから、鷗外の訳業に向かうことができる。
『独逸近代詩集』（片山敏彦編　ぐろりあ・そさえて　一九四一）は、今から七十五年前の本だが、クラブントの詩を二篇、竹山道雄の訳で入れている。そこに付された作者紹介の短文は「（一八九一《ママ》―一九二八）本名はアルフレート・ヘンシュケ。表現主義時代の散文家として通つてゐる。ロマン『モロー』『ピヨートル』『ラスプーチン』等。その他支那・日本、波斯《ペルシャ》からの翻案物もいくつかある。なほ、詩、戯曲等に筆を揮ひ、また『文学史』の著述もある」であった。これでみると、クラブントの文学の中心は散文にあるみたいだ。しかし、以来百年のあいだに、日本でクラブント全集とか著作集の出たという噂はきかないから、かれの主著をいま翻訳で読むことはできない。

富士川英郎の論の中にも、クラブントのプロフィールを書いた部分がある。今までと違う新しい情報としては、「〔かれは〕中国に永年滞在したこともあって」ということとか、「詩は彼が残した作品のうちで一ばん卓れたものであると言うことができよう」という断定があり、参考になろう。

なお、「鷗外が訳したクラブントの詩はすべて彼の処女詩集『曙だ！　クラブントよ、日々の夜明けだ』〔一九一三〕のなかに見出される」「さきのデーメルの詩集がその晩年のものであったのに対して、このクラブントの詩集は当時のドイツにおいてもまったく無名であった新進詩人の処女詩集であり、クラブントは鷗外よりほぼ三十歳も年少であるが、これなぞは「自分の倅《せがれ》に持つても好いやうな」若い人々の内部の世界へわけもなく入ってゆくことのできる鷗外に特有な感性のういういしさを証する一つの著しい事例である」という見方も富士川英郎によって示されていた。

これだけ前提を置いた上で、「物語」（Ballade）という、鷗外の訳詩を読んでみよう。

物　語

（Frank Wedekind に与ふ。）

己の父は船頭だつた。
己の母はオランダから来た。
そして金《きん》の重さの明るい髪をしてゐた。

己の父は豕《ぶた》のやうに粗笨〔そほん〕であつた。
己の母は小さくて優しかつた。
そして否《いな》と云ふことの言はれぬ程弱かつた。

詩は三行一連の構造で、八連、続いている。原作も、もちろん、三行八連なのだろう。そして脚韻をもっているのだろうと想像できる。『Klabund Gedichte（クラブント詩集）』（HOFENBE-RG）から原作を写してみる。

Ballade

（für Frank Wedekind）

Mein Vater war ein Seebär,
Meine Mutter kam aus Holland her,
Sie hatte Blondhaar, wie Gold so schwer.

Mein Vater war ein grobes Schwein,
Meine Mutter war zart und klein,
Sie war zu schwach, sie sagte nicht: nein.

二連を写しただけだが、原作の詩行の構成は、これで大体わかるだろう。この物語が、かなり陰惨な筋書きなのは、漁師である粗野な父親と優しい母親のあいだに生まれた「己」の語る物語であるところから、予想はつく。

「ウィキペディア」の「Leben」（生涯）という、略伝で読む限り、クラブントの最大の問題は、かれが十六歳のときに患った肺結核症であった。この病気が、かれの短い生涯を決定づけているように思われる。治療のためイタリアやスイスのダボスの療養所へ出かけることになり、最後はダボスで死んだ。

クラブントの父は、クラブントの本名と同名の薬剤師で、おそらくクロッセン——Crossen 今はポーランド領になっている、旧プロイセンの都市——で、薬屋をひらいていたのだろう。父の妻、つまりクラブントの母は Antonia といった。息子のクラブントも、フランクフルトのギムナジウムを出たあと、化学と薬剤学を、ミュンヘンで学んでいるが、やがて専門を哲学・言語学・劇場学に変更し、ミュンヘン、ベルリン、ローザンヌで学んでいる。

クラブントは一九一四年第一次世界大戦がおきると、愛国者になったが、このころから両肺の結核がすすみ、スイスの療養所にたびたび入所し治療している。

「ウィキペディア」の「Leben」は、略伝であり、詳しい伝記ではないから、断定はできないが、富士川英郎が伝えているような中国に長期滞在というのは、肺結核症のためしばしば結核療養所に入っていたというクラブントの健康状態からは考えにくい。しかしドイツ文学者の富士川は、クラブントの散文や戯曲も読んでいるであろうし、別の資料からクラブントの中国滞在を言っておられるのかもしれない。この点は疑問符をつけたまま、結論はしないで置こう。

クラブントは一九一八年、二十八歳のとき、サナトリウムで知り合った Brunhilde Heberle と結婚したが、妻は早産のため死亡し、生まれた子も、のちに死んだ。一九二五年には女優の Carola Neher と結婚し、にぎやかな一時期をすごした、という。

一九二八年イタリア滞在中に肺結核が悪化しスイスのダボスのサナトリウムで、カローラにつきそわれながら死んだ。そのあと故郷のクロッセンで遺骸は埋葬された。

こうしてみると、読みかけていた「物語」というバラッドは、クラブント自身の生涯とは関係のない「己」が主人公であり、一篇の物語詩であることは明らかだ。

憎《にく》がりながら自由にせられて、
母は毎週二弗〔ドル〕づつ
十一箇月の間父にみついだ。

さて己が此世の光を見て、
母が己にきやしやな乳房を銜〔ふく〕ませてから、
父は母を片羽〔かたわ〕になる程打《ぶ》つた。

父は己を海に投げようとした。
母は祈で留《と》めようとした。
父は口小言を言ひながら背中を向けた。

母は夜闇の中へ飛び出して、

己を暗い路次に棄てて置いて、
ウルリクス町の女郎屋へ往つた。

己は誰やらに拾はれた。
母のゐる所を知つてさへゐたなら、
己はこれ程せつない思はすまい。

こんな風に詩は、すすむのだが、こうした父と母と、そのあいだに生まれた男児という設定は、作者のクラブントの生涯とも、また訳者の鷗外の生涯とも、なんの類似もない、一つの創作である。

第八連は次のようになっている。これで詩はしめくくられる。

ウルリクス町の五番館で、己はピアノを弾いてゐる。
ひよつと母が己の背後《うしろ》で踊つてゐはすまいか。
ひよつと己の床に来て寝はすまいか。

いまは、ウルリクスの色街で、しがないピアノ弾きになっている男が、自分の出生のいきさつと、このウルリクスで誰かに育てられたいきさつとを、たぶん後になって知った父や母のことを回想しながら唱っているバラッドである。なぜこのような「物語」を、クラブントが書いたのか。それを鷗外がなぜ訳したのか。わたしには、今のところ全くわからないのである。

鷗外はクラブントのことを学生詩人だという以上の知識はもたないで読んでいたのだろう。人のとりあげない新進詩人の風変りな作品を、いわばデエメルに比較して、デエメルにぶつけるつもりで訳して、並べたのかもしれない。新と旧を併載して、訳詩集をいろどってみせるという意図も考えられる。

クラブントの「物語」とデエメルの「海の鐘」。どちらも、親の世代と子の世代が出てくる。内容は、むろん大きく違う。

鷗外ならずとも、作者について知らなければ、「物語」の「己」を作者自身の感情移入した私《わたくし》であると思って読んだっておかしくはないだろう。詩の内容が主となるのでその作者は二の次になる。

ここで、バラッド（Ballade）についての鈴木信太郎の、教科書的な注解を、追記しておく。鈴木信太郎著『フランス詩法』（白水社、一九五四）の下巻の第六章に「定形詩」という章がある。われわれは、短歌や俳句を定型詩といって自由詩と対応させる。定型詩と定形詩は違うのであろうか。この章にはバラッドについて詳細な解説がある。

先ず「フランス語に於いてバラッド Ballade といふ単語は、二つの意味に使用されてゐる」という。そして、その「一つは厳密な詩形を指示する語として」使われているという。もう一つの意味では、「厳密な詩形ではなくて、romance（恋歌）とか chanson（唄）とか élégie（哀歌）とか légende rimée（詩物語）とかと」ほとんど同じ意味の語であって、それは英語、ドイツ語、スペイン語の同意語と同じだといっている。

厳密な詩型としてのバラッドの例として、ここで鈴木は「フランスの詩の最も美しい一篇」とされているヴィヨンの「疇昔《ちゅうせき》の美姫の賦」を挙げている。そしてバラッドの基本的条件として三つのことを挙げている。その厳密な規約からするとクラブントの「物語詩」は恋唄・哀歌のたぐいの俗謡《ライトヴァース》である。

第二十章　クラブントの「己は来た」「前口上」を読む

クラブントの詩を、原作と併せて読みながらいろいろと考えた。鷗外にとって晩年とはいつからのことだろうか。クラブントを訳しながら鷗外はなにを考えたか。

己は来た

己《おれ》は来た。
己は往く。
母と云ふものが己を抱いたことがあるかしら。
父と云ふものを己の見ることがあるかしら。
只《ただ》己の側《そば》には大勢《おほぜい》の娘がゐる。
娘達は己の大きい目を好《す》いてゐる。

どうやら奇蹟を見るに都合の好《〔よ〕》さそうな目だ。己は人間だらうか。森だらうか。獣《けもの》だらうか。

この詩の原作は次のようなものだ。

Ich kam

Ich kam.
Ich gehe.
Ob je mich eine Mutter auf die Arme nahm?
Ob je ich meinen Vater sehe?

Nur viele Mädchen sind bei mir.
Sie lieben meine großen Augen,
Die wohl zum Wunder taugen.
Bin ich ein Mensch? Ein Wald? Ein Tier?

四行二連の短い詩であるが、一行目と二行目は「Ich イッヒ」、一人称単数を示す代名詞から始まる。「己は」（わたしは）である。

三行目四行目も「Ob je オプ・イエー」（…かどうか）という同じ語ではじまる。くり返し語的ともいえるし、自然に頭韻を踏んでいるともいえる。これらは詩の音楽的側面が、おのずから、そこに出ているといえる。

「Kam カーム」と「Nahm ナーム」。「gehe ゲーエ」と「Sehe ゼーエ」の韻の合わせ方も、この詩が、音楽性を、ごく自然にあらわした、調子のよい詩であることを示している。

わたしが一点ひっかかるのは、「母と云ふものが己を抱いたことがあるかしら」と訳された「母」が、「meine Mutter」（わたしの母）と書かれているのではなく、「eine Mutter」と一般的な母親を指すことばで書かれていること。それに対し四行目の父の方は、「meinen Vater」と、「わたしの父」とはっきり言っていること。この違いはなんだろうか、といぶかしむのである。

もし、この点に注意するなら、訳の方も、「母と云ふものが己を抱いたことがあるかしら」に対して「わたしの父を己の見ることがあるかしら」となってもおかしくない。

後半の四行は、前半の四行から、内容において一気に飛躍している。そこが詩としてはおもしろい。クラブントの詩才というものを感じさせる。

前半四行で「己は来た。／己は往く。」と、自分の過去と未来を暗示し、母的なるものと自分の父とを対比したかと思ったら、後半では、「大勢の娘」たちが出て来た。父や母とはいささか冷たい関係だったのに、今現在、自分のそばには「大勢の娘」たちがいる。この娘とは（自分の娘という意味ではなく）つき合っている少女たちの意味である。

そこから、また、自分の「大きい目」に話が移る。自分の目のことを「どうやら奇蹟を見るに都合の好さそうな目」などと、ナルシストみたいにほざいてみせるとは、この「己」って一体なにものなのだと思いながら、次行へと読みすすむと、はたして、「己は人間だらうか。」と来て、「森だらうか。」「獣だらうか。」とたたみかけて来て詩は終る。

後半部分の音楽性も見易い。「mir ミール」と「Tier ティエル」が韻を踏み、「Augen アウゲン」と「taugen タウゲン」も同韻である。六行目のはじめ「Sie ズィー」と七行目のはじめの「Die ディー」も同じくだ。つまり、調子よく作られた詩なのである。

鷗外の「妄想」なんか、ここで連想する必要はなさそうである。若い大学生の詩人が調子にのって歌った俗謡の一曲と読んでおいて不都合はないとも読める。

木下杢太郎の説に従えば、明治四十二年から大正六年（一九〇九―一七）までが、鷗外の「豊熟の時代」であって、その後、死（大正十一年［一九二二］）までの五年間が、晩年となる。

すると、わたしが、一作一作読んで来た『沙羅の木』は、晩年ではなくて、その前の「豊熟の時代」だったのではないか、と思えてくるが、待てよ、内容を見ないで形式的に時代を分けてみても、あまり意味がないのではないか、とも思える。

唐木順三の「鷗外の位置」（「文芸読本　森鷗外」）を読んでいると、杢太郎のいう「豊熟の時代」

の鷗外は「要するに〔この時代〕鷗外は気楽にふるまったのである」「四十二年には『キタ、セクスアリス』など十四篇の創作、『サロメ』など十篇の翻訳、『当流比較言語学』など十数篇の雑文、その他『我百首』などを発表している」と書いた上で、それを鷗外の、積極的な文学活動ととらえるのでなく「気楽になった大才の気楽な所産である」としている。

「鷗外が果してこの時代〔いわゆる豊熟の時代〕の数十の作品を芸術と感じていたかどうかは疑問である。かえって『古稀庵記』『常磐会詠草』などに芸術的苦心を払っていたのかもしれない」と、唐木は言っている。

「あそび」というのは気楽な大才の所業である。レジグナティオンというのも、このばあい、芸術的苦心を常磐会の歌会の詠草に払って、かたわらに『我百首』立所《たちどころ》になるという態度、わが創作態度にみずから名づけたなげやりのものであったかもしれぬ。傍観者自身の問題をつつみかくして、傍観者を傍観することを書くというところに鷗外はいた。

唐木は、このあと「普請中」という問題作の分析にかかっている。

気楽な鷗外、あそびとレジグナチオン（諦念）の鷗外、「文壇再活躍」といわれ、「豊熟」と後に名づけられている鷗外のこの時期の、フィリステル（俗物）になりすまさない真顔は、苦渋に充ちたものであったという指摘は、わたしにはふかく考えさせるものがあった。

それは、まだ途中だとはいえ、『沙羅の木』の創作詩を読み、つぎに訳詩の部分に入って、とりわけクラブントの詩を読み始めてから、わたしにつきまとっている疑問とどこかで通底しているのだ。

「晩年」とは、いつからかなどということは、その人物の意識の問題というより、創られた作品によって考えればいいことだろうし、その問題はよそに置いておいて、鷗外の訳詩にもどろう。

前口上

己は今机に向いて、
インキ壺にペンを衝《つ》つ込んで、
お祈を上げて、
詩を書いてゐる。

油のやうに滑《なめらか》に
前の句が後《あと》の句を生んで、句句互に相照す。
もつと魂が詩の中《うち》にあつたらなどと、
問うて見るのは、たまの事だ。

魂は己にちつとも苦痛を与へぬ。
魂は己とはまるで交渉なしでゐる。
我《われ》と我《わ》が尊さに安んじてゐる魂は、
裸で長椅子の上に寝てゐるのだ。

晩になると、己はボタンの穴に
ダリアの花を挿して、魂を連れて散歩する。
己の名はスタニスラウスで、
魂の名はアマリイと云ふのだ。

クラブントが、自分の詩作とは、こんなものだよといって書いた詩である。原作の詩集でも一番はじめに載っている。「Prolog」というのである。鷗外の訳詩で読んでも、「前口上」という気分は、よく出ている。

「お祈を上げて」という詩句が気になるところである。二連の三行目四行目の「魂が詩の中にあつたらなどと、／問うて見る」というのも気になるところだ。

なにしろ「魂」って奴は、平素は「裸で長椅子の上に寝てゐる」んだが、晩になると「己は」

その「魂を連れて散歩する」というのだ。そして魂には「アマリイ」という女性名がついている。「己の名はスタニスラウス」である。クラブントは、自分の詩作について、若いころの第一詩集の巻頭に、こんな詩を書いていた。そして、それをおもしろがって鷗外は訳したのだ。

原詩は、次のごとくなっている。

Prolog

Ich sitze hier am Schreibetisch
Und schreibe ein Gedichte,
Indem ich in die Tinte wisch
Und mein Gebet verrichte.

So giebt sich spiegelnd Vers an Vers
In ölgemuter Glätte.
Nur selten fragt man sich: Wie wärs,
Wenn es mehr *Seele* hätte?

Die Seele tut mir garnicht weh,
Sie ist ganz unbeteiligt.
Nackt liegt sie auf dem Kanapee
Und durch sich selbst geheiligt.

Des Abends geh ich mit ihr aus,
Im Knopfloch eine Dalie.
Ich selber heiße Stanislaus,
Sie aber heißt Amalie.

詩をどのようにして作るか。または、自分は詩というものをどのように思っているか、といったエッセイや、断想は多くの人が書いてきたし、今の詩人も書いている。しかしそれを、詩の形で作る人は、そう多くはあるまい。クラブントのこの詩は、四行×四連。一行のシラブル数も揃い、脚韻も踏んでいるという意味では、定型詩である。もう少し重々しく訳することもできようが、鷗外は、俗謡《ライトヴァース》調に、おもしろおかしく訳している。詩を書く前に、「お祈を」神に向かって唱えている。神さま、どうかいい詩を書かせて下さい、とでも言うのだろうか。

詩を書くのは、むろんペンをインキ壺に入れて、手の動きで書いていくのだが、「魂」つまり、心の中の念願のようなものが、もっと、詩の中にはこめられてもいいのじゃないかなんていう疑問はたまにしかおきてこないのだよ、と言っている。

この「魂」、ドイツ語では「Seele」だが、第二連第四行ではわざわざ斜体で書いて強調してある。精神と肉体、というときの精神と訳すこともできるが、鷗外は、もう一つの訳「魂」、霊魂という方の訳をとっている。たしかに「祈を上げて」の「祈」とは、霊魂、魂の方が、折り合いはつくようでもある。

第三連、第四連で、「魂」（Seele）を擬人化してたのしんでいる詩句を読むと、「魂」という訳語が似つかわしくも思える。

第四連の「スタニスラウス」（男）と「アマリイ」（女）の名前は、ドイツ人はどのようにうけとるのか、わたしにはわからない。ごく一般的な、日本なら太郎と花子のような名を考えていいのだろうか。

「Stanislaus」は第四連第一行末の「aus」と、「Amalie」は第二行の「Dalie」（ダリア）と韻を踏むべく考えだされた人名に違いないのだが。

第三連までは、クラブントは詩を作っている状況をのべている。第四連は、「魂」という女性をつれて夜の町へ散歩にでかける。そのときはボタンの穴にダリアの花を挿してしゃれ込んでいる。

第二十一章　デエメルの「闘鶏」を読む

デエメルの「闘鶏」は難解で、わたしなりの解釈をつけたが、わからないところは今後の解読を待ちたい。

デエメル作の訳詩の中に「闘鶏」がある。三十八行の比較的長い詩である。読んでたのしい詩ではない。なにかを教えられるということも少い。しかし、そういう詩を、なぜ、わざわざ、鷗外が訳したのかを考える材料にはなる。

闘　鶏

皆さん、御存じの智慧の木ですね。
あの木の実と云ふ奴が変ですよ。
アダム以来誰も見たことがありません。

多分木は花ばかり咲かせてゐるのでせう。
その花の下に神が住んでゐます。

こういう出だしの詩で「ですます調」で訳されている。もしも、「よく知られてゐる旧約聖書創世記に出てくる〈智慧の木〉であるが、／あの木の実がどうも不思議だ。／アダム以来誰も見たことがないのだ」云々といった文体で訳されていたら、印象は別のものになっていただろう。鷗外は、しかし、これを「ですます調」で訳した。初めから、おかしみと皮肉をこめた、遊びごころのある詩として読もうとしたのである。たしかに内容もそういったところのある詩には違いない。

アダムと、その肋骨から成《つく》られたエバとの夫妻は、二人共裸体のままでなにも恥ずかしく思っていなかった。ところがここに、生物の中でももっとも狡猾といわれる蛇がいて、エバをそそのかす。

「我等園の樹の果《み》を食《くら》ふことを得《う》　然《され》ど園の中央《なか》に在《ある》樹の果実《み》をば神汝等之《なんぢらこれ》を食《くら》ふべからず又之《またこれ》に捫《さは》るべからず恐らくは汝等死なんと言給《いひたま》へり」。こんなふうに蛇に言っていたエバだったが、蛇が言うには「あなた方はこの木の実を食べたって死ぬことはありませんよ。ただ、これを食べると神のようになって、善悪を知ることになるだけですよ」と。蛇のことばにそそのかされて、おいしそうでもあり、目で見ても美しく、また智慧がつくというのでついにその実をとって食べ、ついでに夫のアダムにも食べさせた。その結果、二人は裸体を恥じることになり、無花果《いちじく》の葉で股間をおおうことになった。やがてアダムとエバは、楽園を追放になる。たくさんの聖画で描かれてもいるよく知られた物語である。

ところでデエメルの詩は、そうした「智慧の木」伝説のうちの、楽園追放にいたるお話、いわば思想的・倫理的なお話は、無視してしまっている。

「智慧の木」の「木の実」って奴は、あれからどうなったのか、と問うている。「変ですよ」なんて言われたって、すでに人間は、智慧の木のある楽園からは追放されている。「アダム以来誰も見たことがありません」などと言われたって、人間はもうそこにはいないのだから、当り前ではないかと言いたくなるところである。「木の実」はどこへいったのかと問うたあとで「多分木は花ばかり咲かせてゐるのでせう」というのも奇妙な発想である。

とはいえ、デエメルに従って詩を追ってみよう。「木の実」はなく、つまり実を結ぶことはなく、いつだって花ばかり咲かせている木がある。「創世記」にいう、楽園の名木であるから、もう実を結ぶこともなく、花だけとなると、どういうことになるか。

「その花の下に神が住んでゐます」というときの「神」は『旧約』にいうエホバ（ヤーウェ）と考えていいのだろうか。

ところが、この神を、デエメルの詩では「雄鶏《をんどり》の形で、名をこつけつこうの神と申します。」というのである。もうこの詩は、『旧約聖書』の楽園追放物語を、大きく離れて全く別のお話に入っているのである。

雄鶏《をんどり》の形で、名をこつけつこうの神と申します。
生涯負けた事のない強い鶏で、
今でも鶏中間に評判は絶えません。
勿論もう死んでゐます。でもお聞の通に
相変らず平気で鳴き続けてゐます。

こつけつこう。
所が昨今一羽の雄鶏が現れました。
これは生きてゐて、名をこつこつけつこうの神と申します。
死んだ鶏なぞはこはがらないで、
から云つて鳴きます。へん。手前腐れ臭いぞ。
こつこつけつこう。

この雄鶏の神「こつけつこうの神」は、強い鶏であったという評判の鶏であったが、「勿論もう死んでゐます。でもお聞の通に／相変らず平気で鳴き続けてゐます。」などといわれても、きつねにつままれたように、わけがわからなくなる。死んだというのは、どうしてなのだろう。死んだというのに鳴き続けるというのはなぜなのだろう。

ここまで読んでくると、雄鶏のたたかいは、なんとなく、人間の世界にもよくある、権力者同士の闘争を、諷喩しているようにもみえてくる。一つの宗教と他の宗教のあいだにもこういうことはおきる。国と国とのあいだには、今現に、二十一世紀の世界でもおきている。

「へん。手前腐れ臭いぞ。」の「手前腐れ」は、「手前味噌」と同じような意味だろうか。どこかの国が「こつけつこう」と鳴くと、おまえなんか怖くないぞ「こつこつけつこう」と鳴く国も出てくる。「こつけつこう」というオノマトペは、滑稽と結構をふくんでいておかしみがあるのは、いうまでもない。

詩の続きを写してみる。

それを聞くと鶏と云ふ鶏の鶏冠《とさか》がふくれます。
鶏同士の喧嘩が始まります。
頸もふくれ、胸もふくれます。
其間に介《はさ》まつたら災難です。
上を下へと取つ組み合へば、
どこが尻やら頭やら。
さて其骨折損を見卸して、

上には智慧の木の花が咲いてゐます。

ここまで読んで来て、わたしは、鷗外が、日露戦争のとき出征し第二軍の軍医部長として長いあいだ戦陣にあったことを思うのである。そして、やっとのことで、何とか勝ったいくさではあったが、相手国のロシアからは、賠償金もとれず、そういう日本政府の弱腰外交に対して「日比谷焼打事件」がおきるわけで、そのあたりのことは、わたしは『森鷗外の『うた日記』』（書肆山田　二〇一二）の中に書いたことがある。

なるほど、「上には智慧の木の花」だけが咲いていて、その木に実はならない。だからその実を食べて智慧をさずかることもないわけである。

また、第一次世界大戦の前には評判がよかったのに、故国ドイツが、その戦争に負けたあとでは、急に評価が低くなったデエメルもまた、この戦争の前とあとで、各国のあいだで「上を下へと取つ組み合」いがあったことを見ていたのであろう。

ああ、昔、楽園に実っていたという「智慧の木の実」はどこへ行ったんだろう。ただ花だけは咲いているが、その下では、人類という「雄鶏」どもが、自ら神と称して、おれがおれがの戦いをしているだけではないのか、と思ったとしても不思議はない。

鷗外という軍人が、日露戦争のあとに味わった感想は、デエメルというドイツの詩人が第一次世界大戦の前後に味わったことと、どこか似通っていたのではないか。鷗外はしかし、それを

「である調」には訳さないで、「ですます調」で訳して、諷喩とイロニーを強調したということもいえる。詩の続きを写す。

とうとう一同羽抜鳥《はぬけどり》になりながら、
どの口からも凱歌が上がります。
こつけつこう。
こつこつけつこう。
さて一同厳《いか》めしい足取で
おもあひの餌の皿に着きます。
こつこつけつこうの神の現れぬ前に、
こつけつこうの神のきこしめしたお皿です。
どの神様も誉《ほまれ》の限《かぎり》を身に負つて、
お好《すき》な物をきこしめします。
讃に曰く。小子、これを識《しる》せ。
餌の皿は何ぞ其れ大いなる。
事によつたら此皿を、ぼんくらのアダムさんが
智慧の木の実と思つたかも知れません。

詩はこうして終る。どんなに大さわぎしていても、人間、いや雄鶏たちも食欲だけは忘れない。そして、餌の皿というのは、最大権力者の「こつこつけつこうの神」のあらわれない前に、こつけつこうの神の食餌につかったお皿でもある。

「讃」は画讃で、この食卓図につけるとすれば「小子」（おたく）はこんなほめ言葉をお書きなさい。「餌の皿はなんて偉大なんだろう」。

最後の二行もイロニーがきいている。『旧約聖書』のあの「ぼんくらのアダムさん」もひょっとすると、此の食卓のお皿を「智慧の木の実」と思っていたのかもしれないんだよ。

わたしはこんな風に、この詩を読んでみたのだが、デエメルの訳詩には、宗教にかかわる短い詩があるので、鷗外あるいはデエメルの宗教観をうかがう一助として読んでみようか。折角「闘鶏」で、『旧約聖書』のエピソードが出て来たのだから、無駄ではなかろう。

上《うへ》からの声

不思議な印《しるし》が新《あらた》に神の手から受けたいなら、
働け。
不思議なしに昔の神に似たいなら、

活きよ。
神らしい物が少しも欲しくないなら、
やけになれ。

なかなか一筋縄ではうまく解説できそうもない詩である。ここで「神」といわれているのは、絶対者であり、万能の神である必要はなさそうだ。世間で神の名で呼んで祈っているアレのことを自分はこんな風にみているのだよと、デエメルは言っているみたいだ。「働け」「活きよ」という命令形も、簡単には解けないし、「不思議」ということばも内容が単純ではない。

そして特に最後の「やけになれ」というのは「欲しくない」という意志に対して言われているだけに、矛盾を含んでいる。せいぜいわかるのは、ごく平易な、キリスト教の信仰のかたちとは、大きく違っているということだ。デエメルには、どこか宗教に対するいらだちがあったようにみえる。それを訳した鷗外にも、それがあったのだろう。

第二十二章　クラブントの「イギリスの嬢さん達」「泉」を読む

デエメルとクラブントの肖像を見ながら、難解な詩に向かう。これらを訳した鷗外の心境にも思いやりながら、考える。

わたしの机上には、ドイツ語のクラブントの詩集が置いてある。その表紙には、眼鏡をかけた細面のクラブントの肖像写真が大きく刷られている。かれは、半ば右に向いているから、顔の左側面が写されている。眼鏡のためもあり、眼の表情ははっきりしない。口は閉じていて、どちらかといえば暗い印象の顔だ。ネクタイをして冬ものの上衣を着ている。かれは三十七歳で死んでいるから、この写真も、わたしから見れば若い人のそれである。

クラブント（1890-1928）

『沙羅の木』の訳詩の主役をなす、もう一人の詩人はデエメルだが、この人の肖像は、わたしはレクラム版のデ

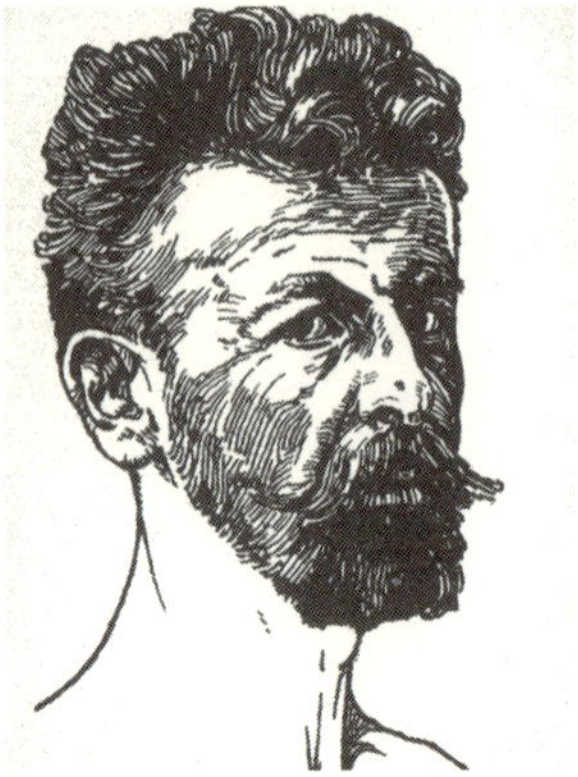

デエメル(1863-1920)

エメル詩集の表紙と、その本の編集者の「あとがき」の中にかかげられた肖像画（写真でなく絵）から知るのみである。これで見ると、デエメルは濃い髯面で、鼻下にも立派なひげを生やしており、その末はぴんとはねあがっている。髪はどちらかといえば短いが、刈り上げられてはいない。眼はきつく何かを視ている。クラブントと同じく、まじめで、きつい表情である。

この二人の詩人の顔に眼をやりながら、わたしは『沙羅の木』の訳詩のところ――それが『沙羅の木』のはじめの部分、いわば第一部のところにあたることはくり返しのべて来た――を読んでは、注解めいたことを書いて来た。そのとき、わたしの頭にあるのは、『沙羅の木』の出た大正四年（一九一五）ごろの、日本の詩や歌がどうだったかということだ。それと同時に今（二〇一五年六月）の現在、わたしの同時代人たちの詩を、たとえばクラブントと一しょに読んでみたいという思いだ。

ともかく、次の詩「イギリスの嬢さん達」を読んでみよう。

イギリスの嬢さん達

イギリスの嬢さん達が長い行列をして町を通る。
二人づつ並んで、引つこ抜いた編笠苔のやうに、
黒い外套を着て通る。尤《もつとも》夏になると、
其上に紫の帯を締めてゐる。
夜は一人づつ床に寝るのだ。
中には一度一しよに寝たいやうな、
美しいのが交《まじ》つてゐる。だが皆ひどく小さい。
黒い頭巾を被つた姿がひどく小さい。
一ダアス位一しよに可哀がらなくては駄目らしい。

イギリスという、近隣の国とはいうものの、外の国の「嬢さん達」が、自分の町を「長い行列」となって通っていく。「二人づつ並んで」というのだから、二列になっているのだ。今の日本（あるいは世界どこでも同じだろうが）なら観光のためやって来た少女たちだ。二列に並んで長い行列を作っているというのだから、学校の生徒の旅行みたいにも思える。

娘たちの衣裳は、「引つこ抜いた編笠苔」みたいな「黒い」マントを着ている。「編笠苔」は、とりあえず「あみがさ茸《だけ》」だと解しておく。比喩だから、そして「引つこ抜いた」には「茸」の方がふさわしいと思ったからだ。「夏になると」と季節によって違う衣裳だという説明が、少し

ややこしい。

なぜなら、冬は寒く、夏は暑いのは常識だから、夏はマントを脱ぐのかと思ったら、マントの上に「紫の帯を締めてゐる」というのが奇妙だ。それに、この詩は、町を通るイギリス人の娘さんを現前に見て歌っているのかと思ったら、なんと、二つの季節の話をしている。こうなると、イギリス娘たちは、季節を選ばず、クラブントの居る町を、いつも通っていることになる。

この「尤夏になると」以下の部分は原詩「Die englischen Fräuleins」では、

Aber im Sommer tragen sie violette
Schärpen um den Leib. Sie schlafen allein im Bette.

と、二行ぎっちりに書いてあり、「身体の上に」（um den Leib）のあと終止符「.」が来て一行を二つの部分に切っている。そして、お嬢さん方は歩いてるときは二人並んで長い列を作ってるのだが、寝るときには一人ずつ、ベッドに寝るのさ、と言っている。原作には「夜は」という言葉はない。ここで、昼と夜の生態を出したのは、鷗外の筆である。鷗外は外国の娘さんたちに、なにを感じ、なにを托そうとしたのだろう。

原詩は、ここまで五行で来て、そのあと、破線（————）で一行分区分してある。つまり、娘たちは一人ずつベッドに寝るのだと言ったあと、一行はっきりあけているのだ。しかし鷗外は、この区分を無視している。

その区分のあとのところは、

Manche ist so schön,
Man möchte einmal mit ihr schlafen gehn.

となっている。「schlafen gehn」は「ぐっすり眠る」ことでもあり、また、同衾する意味でもある。そして「manche」は「何人かの」の意だから、美しい女の子が何人かいる。一しょにベッドを共にしたくなるような女の子さ、といったところだ。

このあとの展開も、不思議だ。

Aber sie sind so klein und klein in ihren schwarzen Kapuzen,

と言い出すのだ。相手の女の子の身長の小さいことを言い出すのだ。また、黒いフードをつけた小さい子だというのだ。

「だが皆ひどく小さい。／黒い頭巾を被つた姿がひどく小さい。」と鷗外の訳している通りである。

夜、同衾する話をしたかと思ったら、今度は、まだフードをかぶっている女の子だから昼間町を歩いていた連中だろう。「klein」（小さい）という言葉には、むろん、背の低い意味もあるが、「年少の」という意味もある。貧しい、とか身分の低い、とか、平凡な、といった比喩的な用法もある。

しかし、ここでは、身体が小さいという意味に歌われている。かといって、身体が小さいから一ダースぐらいまとめて「可哀がらなくては駄目らしい」とは、むちゃくちゃな話ではないか。「lieben」（愛する）いう以上、愛には、身体の大小など関わりのない心の問題なのは当然ではないか。

なお、ちょっと面白いのは、最後の一行が、「Ich glaube,」という風に始まっていて、ここで語り手「Ich」（私）が初めて出てくる。「……という風に、作者であるクラブントは思うんだけどね」と、すべてはクラブント氏の意見だよ、としめくくっているのだ。しかし、鷗外は、そこは訳していない。

ドイツにだって、身丈の小さい女の子はいる筈だろう。ここでなぜ、イギリス娘を出したのか。身丈と、愛とか、同衾することを説くのになぜわざわざイギリス娘を出したのか。それも季節を問わずという、奇妙な話にしてしまったのはなぜだろう。

わたしは、五十三歳の鷗外が、このイギリス娘の向う側に、妻志げを置いていたとみることもできるとは思う。しかし、四十歳の鷗外に嫁いだとき二十二歳だった志げは、『新潮日本文学アルバム　森鷗外』で見る限り、（二人だけの写真はないが）義母の峰子なんかより大柄である。

「klein」（小さい）という印象からは遠い。他方、クラブントの恋人や同棲者の写真は、「ウィキペディア」にも、詩集にもないから、すべて不明だ。

つまり、この奇妙な詩は、理屈に合わない、どこか異様な、不合理な詩だということ、そういう詩に鷗外が気を引かれたことを記録して、わたしの今の感想を閉じる。

その次が第二章でも読んだ「泉」である。

泉

此泉〔このいずみ〕を汲まうとするな。
闇の中で吃るやうな声をして涌いて、
あらゆる日の光、あらゆる歓楽を
黙つて中《うち》に蔵《かく》してゐる泉だ。

此泉の黄金《こがね》なす水を
汲むことの出来る人は一人もない。
只自分を牲《にへ》にして持つて往〔ゆ〕く人があつたら、
此水はそれを迎へて高く迸り出《で》るだらう。

この詩の原作は四行二連の押韻詩で、各行が八つのシラブルから成る。だから、全詩を、原語で、写して置く。

Ein Brunnen

Rühre nicht an diesen Brunnen,
Der im Dunkel plätschernd stammelt,
Alle Sonnen, alle Wonnen
Hat er stumm in sich gesammelt.

Keinem wollte es gelingen,
Seine goldne Flut zu heben.
Denen nur, die selbst sich bringen,
Wird er hoch entgegenbeben.

泉の水は、詩に使われやすい素材のようにも思える。この泉が、人生において、なにの象徴なのかは、人それぞれに思うところが違うかもしれない。前半の四行は、うっかり、この泉には近づかない方がいいよ、という禁断の命令である。こういうことは、よくある。なにしろ、「闇の中で吃るやうな」声をしている泉である。なにか、あぶないものを感じさせるのではないか。三行目の、鷗外が「歓楽」と訳してる「Wonnen」は、「Sonnen」（日光）と語呂合わせになっているが、辞書では「至福の喜び」とか「恍惚」とか訳されている。「歓楽」というと、よろこびの源みたいにきこえる。むしろ、恍惚感といった、精神の状態をいうことばだ。鷗外はそれを「歓楽」カンラクといった、平静な漢語で訳出した。この泉は、その中に、いろんなものを蔵っている。それなら、そこへ行って、泉の水を汲みたくなるではないか。クラブントは、しかし、「汲まうとするな」という。

高価であり、見返りも豊富そうなところへは立ち入らない方がいい。というのである。「闇の中で吃るやうな声をして」という比喩も、「此泉」が曲者であることを示している。

そんなにすばらしい泉なら、たからかに、さわやかに音を立てればいいのに、そうはしていない。実在と、その表面的なあらわれが違っている奴は警戒せよというわけだ。「黙つて中《うち》に」かくしているというのもそれである。そんな結構な泉なら、「黙つて」いないで、それをまっすぐに表にあらわせばいいのに、この泉は、そうしていない。

『森鷗外の『知恵袋』』（小堀桂一郎訳　講談社　一九八〇）という人生訓の本がある。ドイツ語の原本のある本だが、署名は森鷗外となっている。その中に『慧語《けいご》』というのがある。明治三十六年三月「新小説」に「痴人《ちじん》」の署名で連載された箴言集である。その中に「泉」のでてくるのがあるから、比較のため掲出してみる。

「泉に就いて渇医《かついや》す。既に渇を医するときは、誰か踵を旋《めぐら》して去らざらん。」と始まる。ごく常識的な人生訓だ。「泉に寄って、その水で一度口のかわきをいやしたら、誰だって、その泉から去っていくに違いない」といったところだろう。つまり、その水を汲む前の心境と、水をもらったあとの心境で、人間は、大きく変ってしまうという事実の指摘である。

この箴言の平凡さ（平凡だが、不変の真実をはらむ）に比べると、クラブントの「泉」の後半の四行は、おそろしいことを言っている。価値の貴いものを得るためには、自己犠牲をおそれてはならないのだよ、ということだ。

クラブントの詩には、時としてこういう反語的な箴言詩がある。たくさんの自己犠牲の上に「あきらめの哲学」（レジグナチオン）を自覚していた人生行路の旅人、森鷗外は、そこに共感したのでもあったろう。

第二十三章　デエメルの「上からの声」「宗教」「静物」「鎖」「夏の盛」を読む

デエメルの詩集(ドイツ語の原本)が手に入ったので、辞書をひきひき原作を読みつつ、ようやくデエメルの訳詩の解読も終ろうとしている。

最近、知人の好意によりデエメルの詩集『Schöne wilde Welt』(『美しき、野蛮な世界』)が、わたしの手許に届けられた。ベルリンのS・フィッシャー社から、一九一三年に出た本である。鷗外の『沙羅の木』は一九一五年(大正四)に出ている。鷗外が手にとって、そこから九篇を選んで訳したのも、おそらく、このフィッシャー版の本だったのだろう。布製の四六判の本で、黄褐色でタイトルなどは金色である。全、一二二頁の本だ。作者による筋書とか後書はもたない。四行の短いモットーがはじめに置かれているだけだ。

この本は、扉のところのタイトルでは、

SCHÖNE WILDE WELT

NEUE GEDICHTE UND SPRÜCHE
VON RICHARD DEHMEL（この行赤）

となっている。SPRÜCHE SALOMOS（ソロモンの箴言）を模したのだろう。詩と箴言のあつまりだ、と言っているのだ。ばらばらと眺めてみても、たしかに、詩の外に、散文調の部分がある。今まで、読んで、検討して来たデエメルの訳詩の中でも、「上からの声」は、言葉づかいが、鷗外らしくないと思ったりしたのだが、原文を知ると、また別の感想が湧く。

上《うへ》からの声

不思議な印《しるし》が新《〔あらた〕》に神の手から受けたいなら、
働け。
不思議なしに昔の神に似たいなら、
活きよ。
神らしい物が少しも欲しくないなら、
やけになれ。

この詩の原文は、次のようなものだ。

Stimme von oben
Willst du von Gott neue Wunderzeichen,
arbeite!
Willst du alten Göttern wunderlos gleichen,
genieße!
Willst du nichts Göttliches erreichen,
verzweifle!

「上からの声」というタイトルが示すように「上」とは、天上であり、神の在《まし》ます場所なのである。ここに二行仕立て、三組の場合が示されている箴言風のことばは、頭韻と脚韻を踏んでいる。つまり読んでいて、音楽性に富んでいる。意味内容が、すらすらとなめらかにひびいている。鷗外の訳詩からはそれは伝わって来ない。

「働け！」と訳されていることば「arbeite アルバイテ」は、今日、日本語にまで入りこんでしまっているから、わかるように、一般に、労働、仕事をする、でいいだろう。しかし、次のセクションの「活きよ!」という訳はどうか。「genieße ゲニーセ」は辞書風には、①食べる、飲む②楽しむ、味わう ③享受する、である。Genieße が享楽家、美食家をさすことを思えば、ここは「活きよ」ではなく「人生を楽しめ」ぐらいが適訳ではないのか。それを引き出す文句「不思議なしに昔の神に似たいなら」も、ここの神「Göttern」が複数形になっているところも汲んで、「なんの不思議もなく、昔の神々に似たいなんて思うんなら、人生を享楽するがいい!」ぐらいがいいのではないか。そのとき、神々は、ギリシャ神話に出てくるような神々だ。それに比べて最初の二行は、なんとなく一神教の神のようにうけとって置こう。

第三セクションでは erreichen を「……に手が届く、……を達成する」と考えれば「全能の神のように、すばらしいものを、何一つ成しとげることができないならば、その時は verzweifle フェルツヴァイフレ=絶望しなさい、絶望する外ありませんよ」との意であろう。それを「やけになれ!」と訳したのは、どうも、あまりいい訳とは思えなくなってきた。

しかし、思いかえせば、そのころの鷗外は、「やけになれ。」と訳したくなる気分でいたとも考えられる。

その次に置かれている「宗教」という四行の短い詩も、実は、タイトルは「宗教」というのではない。「Religionsunterricht」、宗教のレッスン(授業)というのだ。宗教の話ではない。宗教のレッスン。そんなものは、信仰をもっている魂にとっては不要である。しかし、懐疑派は、そのレッスンから、根ぶかい不信仰を汲み上げることを学ぶというのだ。原文と、鷗外の訳をかかげる。

Religionsunterricht

Religionsunterricht:
gläubige Seelen brauchen ihn nicht,
aber die zweiflerischen
lernen da gründlich Unglauben fischen.

宗　教

宗教。
信仰のある心には不用だ。
だが懐疑者は
中《なか》からしっかり不信仰を酌み取る。

この詩でも、「…richt リヒト」と「nicht ニヒト」（一行目と二行目の行末）が韻を踏んでおり、三行目と四行目もそうである。箴言詩というより、宗教のレッスンのむずかしさを嘆いている、ごく素直な感想詩のようにみえる。鷗外の訳は、どうもそのあたり、充分なものとはいえない。それを、宗教のレッスンの話ではなく、宗教そのものとして訳出したあたり、鷗外の、また別の意図があったのだろうか。不思議な訳詩だ。

この『美しき、野蛮な世界』という詩集は、「第一の半分（Erste Hälfte）」という前半分の部分と、「第二の半分（Zweite Hälfte）」とつまり、前半分と後半分とが、分けて編まれている。

前半分は四十五篇の作品から成る。

後半分は四十篇の作品から成る。

そして鷗外は、前半から六篇、後半から三篇を選んで訳しており、その訳詩を、この本の掲載順に従って、並べている。「宗教」は、四番目である。そして五番目「静物」は、次のような詩だ。

静物

春になる。霞み初める。
村の沼で
或る晩、ころ。

初蛙。
ころころ、和《わ》する蛙。
さて追追と数が殖え、
ころころころころころと鳴く。
上《うへ》には
日がけぶる。
ゆらめく青い蝶一つ。
めでたや。

Stilleben

Im Frühling, wenns zu nebeln anfängt -
auf dem Dorfteich -
eines Abends: raake:
erster Frosch.
Raake-racka-paake: zweiter.
Und so weiter, bis der ganze Chor

Raake-paake-racker-quacker-Pack macht.
Über ihnen
dampft der Sonnenglanz -
gaukelt still ein Azurfalter drin -
herrlich - -

富士川英郎は「愉快な風物詩で、デーメルが持っていた東洋的な一面（彼は李白の詩をドイツ訳した）がここに現われているが……」（「詩集『沙羅の木』について」一九五七）と書いていた。

この詩の題名からして「静物」というのだから素直に読めはしない。原語では「Stilleben シュティールレーベン」つまりいわゆる静物画のことだ。美術用語「nature morte」（フランス語）であって人物画や風景画ではない、花・果実・器物などをテーマにした絵画。セザンヌなんかを思えばいいんだろう。

こういうタイトルの出し方からしても、この蛙の鳴く田園風景が、ドイツのそれではなく、東洋または日本の絵画などで画かれた田園風景の描写なのだろうという見当はつく。ドイツに水田なんてあるわけはない。「春になる。霞み初める。」は、湿気の多い日本にはみられるが、北海に近いデエメルの故郷あたりに果たしてあるだろうか。

「鷗外訳は原詩の raake《ラーケ》, paake《パーケ》, racker《ラッカー》, quacker《クヴァッカー》, pack《パック》 などという蛙の声の擬声音を、「ころころころ」とのどかに、和様にやわらげることによって一層この詩を東洋的な俳味を帯びた写生詩にしているのであって（略）最後の一句 herrlich を「めでたや」としたあたり、まことに「めでたい」訳しぶりである」と富士川は註釈している。

一度も聞いたことのない春の水田の蛙の声を擬音化した「ラーケ」等々をみても、鳥の声みたいではないか。それを北海やバルチック海に近い乾いた土地の、短い春に鳴き騒ぐ鳥の声に置きかえたんじゃないかなんて、これも地図を見ながら勝手な空想をしているわたしの感想なのであるが、わたしにはこういう鷗外の、二重三重にたくらみを含んだ訳し方が、面白いのである。これは、まさに「静物画」として目の前に置かれた、東洋的な春景色であって、蛙でさえ、静物として眺められている。そこに「ころころころころころ」などと聴覚的な要素を入れたのは、鷗外の遊び心というものだろう。折角、デエメルが、五つの擬音を使って工夫しているのに、鷗外はこれを、いかにも日本的に「ころ」の五つ重ねに訳している。

わたしには、これはまた、日本から西欧を見て、その遠い西欧の人の眼で、日本の春のサクラを詠んだ、永井陽子の代表作、

あはれしづかな東洋の春ガリレオの望遠鏡にはなびらながれ

を（『ふしぎな楽器』沖積舎　一九八六）想い出したりしたのだった。

「闘鶏」は、第二十一章で紹介した。今回、原詩が手に入ったので、つけ加えて解説したい点はあるが、ともかく詩の大要は、読んで来たのである。

鷗外は、全八十五篇のデエメルの詩集から九篇、つまり一割ぐらいの作品をどのような思いで選んだのか、それは、デエメルという詩人を、どのように理解するかという点にもかかることだろう。この晩年の詩集を全部読んで、その中から、一見するとつまみ食いしているようにみえる鷗外の選択について考えるという作業は、わたしの仕事ではない。

訳詩を、一篇ずつ読みすすめて、その詩の内容を、『沙羅の木』の中の、訳詩以外の部分と、どのように照合させるのか。そういった作業が、わたしに課せられた仕事だろうと考えているのだ。

『美しき、野蛮な世界』の後ろ半分から訳された、最初の作品は「鎖」である。

鎖《くさり》

お前は己に鎖をくれた。
己はそれを首に懸けよう。
屈したことのない項《うなじ》から懸けて、
誰にも見えるやうに胸に垂れよう。

お前のくれた鎖だからね。

二十行の詩である。最初の五行をみても、もう〈前半分〉の詩とは様子が違っているのがわかる。「己」から「お前」と呼ばれているのは、もし「己」が男性であるデエメルならば、常識的には女性だろうが、その点はいまこだわらなくてもいい。要するに、愛の物語らしいと思って読みすすめよう。

そして己はハアトをもそつとそれに吊《つる》さう。
そのハアトだがね、もう随分いろんな物に吊さつてゐるよ。
貞実な己の女房の目附にも、
浮気な女達の髪の毛にも、
クリスマスに女達に遣つた粧飾品にも、
夏の盛に攫まへようとした蝶蝶にも、
今己達の頭の上を飛んで行く渡鳥にも、
海のあなたの楽園の木の上に
ゆらめいてゐる異様な花にも、
己の故郷の忘れられぬ地平線にも、

まだ見ぬ空の高い所に燃えてゐる星にも、
どれにも、どれにも己のハアトは吊さつてゐる。
気の毒なハアトぢやないか。星よ。己に言へ。
どうしたらこれ程の富が一しよにせられよう。
お前は己に鎖をくれた。

詩の第一行と最終行を同じにしたあたりも詩の音楽性のためのレトリックだろう。タイトルの「Kette」は、辞書では第二解としてネックレスと出ている。今風にいえば鎖よりもネックレスの方が通りがいい。

一篇の詩としては、平板ということになるだろう。ある時間のあいだに、たとえばデエメルや鷗外の人生の五十代になるまでに「ハアト」、ドイツ語だと「Herz ヘルツ」だが、それをあちこちに懸け吊すのは当然である。今さら嘆いても仕方がない。わりと平板な、人生なかばの人の感想のように思える。

夏の盛

わが故郷を日が染める、黄金色に。

高穂が熟してふくれる、パンの温さに。
黄金色であつた子供時代と同じに。
大地よ。 われ汝に謝す。

Hochsommerlied

Golden streift der Sommer meine Heimat,
brotwarm schwillt das hohe reife Korn,
wie in meiner goldnen Kinderzeit;
habe Dank, geliebte Erde!

燕はわれを呼ぶ、瑠璃色の空へ。
白雲《しらくも》は光の上に光を積む、塔の高さに。
瑠璃色であつた青年時代と同じに。
太陽よ。 われ汝に謝す。

Schwalben rufen mich hinauf ins Blaue,

weiße Wolken türmen Glanz auf Glanz,
wie in meiner blauen Jünglingszeit;
habe Dank, geliebte Sonne!

第一連の四行と第二連の四行が、たくさんの部分で対照させられているのは、よくわかる。詩の作り方としては、ごく素直でわかりやすい。そして自然と、幼年時代と、青年時代の賛美が唱われて、太陽と大地への賛美と感謝が唱われる。この本の前半分にあった懐疑と、思弁が、消えている。

その意味では、訳詩の最初にあったバラッド「海の鐘」とどこか通い合っている一篇ともいえる。

第二十四章　デエメルの「夜の祈」をふたたび読む
『沙羅の木』が詩壇で問題にならなかったのは何故か

デエメルの訳詩を検討し終って、あらためて、この百年のあいだ、二人の比較文学者以外にほとんど詩壇の反応はなかった理由について考える。次章からはクラブントの訳詩の残ったものを読むことになる。

デエメルの訳詩の一番終りの詩「夜の祈《いのり》」を目の前に置いて、なん度となく読む。読んでは考え、考えては読む。百年ほど昔の日本語で書かれていることを意識し、現代の詩人なら、どう訳すだろうか、などと考えながら読む。

夜の祈

汝《なれ》、深き眠よ。
汝《な》が覆《おほひ》の衣《きぬ》を垂れよ。

汝が黒髪を我胸に巻け。
さて汝が息《いき》を我に飲《あ》ましめよ。
喜《よろこび》と云ふ喜の限《かぎり》、
悲《かなしみ》と云ふ悲の限、
汝が唇の我胸よりさそひ出《いだ》す息《いき》に滅《き》ゆるまで。
さて汝が口附《くちづけ》に我を逢はしめよ。
汝、深き眠よ。

デエメルの原詩にあたる前に、鷗外の訳詩だけで解釈してみる。タイトルの「夜の祈」の「夜」は、昼夜のうちの夜を指す。夜を擬人化しているのではない。夜になって、眠る前に人が祈る祈りだろう。ふつうは、わたしなども毎日そうしているように、天なる神に向かって祈るのだと思われるが、この詩を読むと、どうもそこが違うようだ。

詩の第一行の「汝」というのは、イコール「深き眠」ととっていいだろう。「……よ」とよびかけているのは、作中主体である。つまり、デエメルであり、鷗外である、といっていいかもしれない。「深き眠」ぐっすりと睡ること、それが擬人化されてここに、呼び出されている。

おまえさん（汝）の身体を覆っている衣服をわたしの眼の前に垂れ下げてわたしの眼をかくして下さい。眠のもつ黒い髪の毛をわたしの胸に巻きつけて下さい。そしておまえさんの吐息をわたしに飲ませて下さい。

ここまで読んで来て、この作中主体（我）が、「深き眠」をほしがっているのがわかる。それは痛切な「祈」念である。かといって、不眠症の人が、眠りを欲しているときの思いとは違っている。

これを書いているわたしの私的なことをここでさし挟めば、わたしは床に就いてすぐに眠ってしまうことが多いし、昼寝や宵寝の習慣は、八十代に入ってから特にふえている。睡眠によって仕事（もの書き）を成立させている日常だ。だからこそ「深き眠」を欲する心もつよい。昔のことを憶い出したために、異夢、悪夢をみて数時間（多く三時間ぐらい）で目がさめ、安らかな眠から見放されることも多い。そういうとき、心から「汝、深き眠」を祈念したくなることが多くあるのだ。

五行目、六行目、七行目は、あわせて、四行目の「汝が息を我に飲ましめよ」を修飾している、副詞句と考えてよいだろう。

「さて、汝（深き眠）の吐く息をわたしに飲ませて下さい。そのあなたの息というのは、すなわち、わたしのすべての喜びを、そして、わたしの悲しみという悲しみのすべてを、わたしの胸からさそい出してそれらをみんな「滅《け》」してしまうような、そういうあなたの呼気を、わたしに飲ませて下さい」。そう言っているのだろう。だから四行目の「息」は、七行目の「息」と同じものなのである。八行目の「さて」は、「さてその上で」といった間投詞風の叙法。「口附」は、べーゼ、キス、接吻である。しづかな、安らかな、そっとふれる「口附」で、「深き眠」へとさそいこむような種類のそれ、たとえば、母親が、眠ろうとする幼児に与えるような「口附」である。最終行は、初行をくり返すことによって、詩の音楽性を示している。音楽性を表わしているのは、そこだけではない。行末をみれば、一行目「よ」二行目「垂れよ」四行目「飲ましめよ」八行目「逢はしめよ」九行目「眠よ」が、脚韻風に働いている。五行目と六行目も「限」をもち、この両句は対句仕立てである。これらは皆、鷗外が、意識してとった修辞なのである。

ここで原作を読むことにしよう。

Nachtgebet

Du tiefe Ruh,
laß deinen Schleier sinken,
und schling dein dunkles Haar um meine Brust,
und laß mich deinen Atem trinken,
Du,
bis alle meine Lust
und letzter Schmerz in einen Hauch verschweben,

den deine Lippen mir vom Herzen heben,
dann laß mich deinen Kuß erleben,
du tiefe Ruh.

すぐに気が付くのは、原詩は十行の詩なのに訳詩は九行と、一行少いことだ。五行目の「Du」が大文字になっているのは、よくわからない。鷗外は、この五行目の「Du」は訳していない。

一行目と最終行が、同じである点は、原作も訳詩も等しい。「sinken」（二行目）「trinken」（四行目）「verschweben」（七行目）「heben」（八行目）「erleben」（九行目）が脚韻となっているのも、「Brust」（三行目）「Lust」（六行目）が揃っているのも、作者の意図の結果である。つまり、デエメルは、音楽性を意識していたし、鷗外は、それを、日本語の特質を生かしつつ、踏襲し、訳出しようとしたのである。

今、静かに、訳詩を口ずさんでみると、「汝《な》」「汝《なれ》」という文頭の語が、日本語の場合は、つよくひびくようだ。それにくらべて、原詩では、脚韻の方がつよく働いているようだ。

ここで自分の考えを整理してみたいと思って、富士川英郎の「詩集『沙羅の木』について」（一九五七）を、何度目かで読み返してみた。以下は富士川の発言だ。

「鷗外は詩の仕事をするに当って、たいていの場合、西洋の詩を念頭に置いていたように思われる」。これは、鷗外が「腰弁当」の筆名で書いた創作詩についての感想である。

「腰弁当氏の詩はこのようにほとんどその一篇々々が当時の詩壇に対する新しい試みであり、新しい開拓なのであったが、それと関連して最後に注意して置きたいのは詩形の問題で、鷗外はこの点でも新しい工夫をこらし、さまざまの変化を試みている」

創作詩については、一篇一篇、かなり丁寧に読んで来たのであるから、わたしも富士川説には、深くうなずくのである

しかし、それならば、『沙羅の木』が出ておよそ百年になるというのに、詩壇の反応は、ほとんどなかったようにみえるのはなぜだろう。当時にあっても、鷗外を師と仰いだり、先達として尊敬していた筈の北原白秋、木下杢太郎、斎藤茂吉らの『沙羅の木』についての詳しい言及はない。その後百年のあいだに、富士川、小堀桂一郎という、ドイツ文学者にして比較文学者の論文と著書だけがあるというのはなぜだろう。

これは、詩壇だけでない。「我百首」に代表される鷗外の短歌についても、歌壇は冷ややかだったのだ。

これは、なぜなのだろう。歌壇や詩壇の側にも問題はあったかもしれないが、ひょっとすると、鷗外の側にも、かれの詩について発言しにくくさせている要素があったのではなかったろうか。

わたしは、あらためて富士川や小堀の論文や著書を読み返しながら、複雑な想いの中へ沈み込むのだった。

これから、わたしは、クラブントの訳詩のうち、残っている六つの作品を、たのしみながら読

んでいこうと思うのだが、デエメルの訳詩の紹介が終ったところで、一つ紹介がてら読んで置きたいものがある。それは、鷗外が、明治四十一年（一九〇八）一月十日発行の「詩人」八号に発表した訳文で、「リツヒヤルト・デエメルが澳地利《〔オーストリイ〕》労働者唱歌組合新聞に投ぜし自記の略伝」というものだ。つまり、デエメルが、オーストリイの労働者唱歌組合新聞に書いた自伝というわけだ。発表紙から察するに、デエメル四十五歳ごろの筆になる。

余《よ》は一九六三年十一月十八日 Spree 林に近き Wendisch-Hermsdorf に於て、山林官の長男として生れぬ。両親は猶生存す。父は今、東 Havelland の小都会 Klemmen の山林区の官吏たり。故に余は生れながらの Mark 人〔地方人、辺境住い〕にして伯林人《〔ベルリン〕》にあらず。吾等マルク生れの者より見れば伯林は故郷の中央に在る一種異様なる怪物が如く感ぜらる。

デエメルの、この短い自伝は、こんな風に始まっている。なかなか個性的な自己認識ではないか。かれは一人の地方人として首都ベルリンを「一種異様なる怪物」と見做していた。津和野藩の典医の家に生まれて、父親共々東京へ出た鷗外の境遇とは、いささか違うが、それだけにこういうところも、自分の身と比べながら訳していったと、空想することもできる。だが、デエメルも鷗外も共に、父親の存在と、その職業をつよく意識していたところは似ている。

九歳になるまで、余はクレムメンの市立小学校に通ひたりき。次で伯林なるSophie中学に入りぬ。余は毎《つね》に成績好《よ》き生徒中に算せられき。然《しか》れども教員の多数はわが検束なき〔自由な〕、否、時としては殆《ほと》んど放縦なる〔わがままな〕精神の為《ため》に余を憎みき。中学の初年級に在りし時、此《この》関係より該校の守旧派なる校長と余との間に激烈なる衝突を来しつ。

デエメルが石川啄木を思わせるような問題児であり、異端であったことがわかる。鷗外も、デエメルも学校秀才である点は同じだが、鷗外は問題児だったことはない。医学部にいたとき、外人教師と対立したエピソードが知られているぐらいだ。

この自伝によると、デエメルは、このあと、ダンチッヒへ行って（つまり転校して）半年もたたないうちに卒業試験にパスした。ざまあみろ、ベルリンのへっぽこ教員め、といった凱歌の叫びを自伝に書くあたり、率直な人柄をしのばせる。

このあと、一八八二年秋よりダンチッヒ大学で哲学、自然学諸科を「七学期間」学んだあと、暮しのために地方新聞の編集者になったりした。社会学の講義をきいたり、ライプチッヒ（大学）に「保険事務に関する卒業論文」を出して「ドクトルの学位を得」た。そのあとドイツ火災保険会社の書記に任命されて一八九五年まで勤務した、と書いている。

当時余は最初の詩集三巻を公にすることを得つ。「解脱」「然れども愛は」「命の木葉」是なり。

余が是等の著作を為し得しは、譬《たと》へば鳥の籠中に入りて、初めて能《よ》く歌へるが如くなりしならん。

これはずい分奇妙なたとえ話にも思えるが、それまで「芸術家としての活動力に信頼すること」を得なかったのに、三十二歳になって、七年間続けた公職をやめて、詩人として立つことを決意したデエメルの正直な感想なのだろう。

当時余は三十二歳なりき。次《つい》で余は戯曲「人間なかま」詩集「女と世」及び再版「解脱」其他台詞なき戯曲「悪魔」を世に公にしつ。又初めの妻と共に小児の唱歌集 Fitze-Butze を合作しつ。此書は主に吾家の小児三人の用に供せんが為に作りしものと謂はんも可なり。

詩集出版の話から、まるで、ついで話みたいに家族の話が出て来た。三人の児をもうけた、「初めの妻」も、詩人らしい。「初めの妻」とあるからには、次の妻も出てくるだろうと思って読む。鷗外も、ドイツ留学中のエリーゼや、いわゆる「かくし妻」を入れれば、志げは四人目の女性である。こうしたデエメルの率直な記載に当って、いろいろ考えたに違いない。

当時余は伯林附近の Pankow に住居したりき。一八九八年オステルン祭〔復活祭〕に余は合意の上、初めの妻と離婚しつ。其理由は初めの妻に対するより、一層強大なる恋愛の余が意志を左右せしものありしが為なり。次で余は今の妻と所々を漫遊すること二年半なりき。

かなり勝手な、男の所存を感ずるが、あのデエメルの詩「鎖」の背後に、こうしたデエメルの恋愛私歴があったと知る。鷗外はそうしたところまで含んで、デエメルが好きだったのであり、デエメルの生き方に共感するところがあったのだろう。

第二十五章　クラブントの「熱」「又」「神のへど」「川は静かに流れ行く」を読む

クラブントの訳詩を次々に読んだ。原書と照合して読んでゆく。晩年の鷗外の心境も重ね合わせて読む。

クラブントの五番目の訳詩「熱」は、原語では「Fieber」。発熱するとか熱病とかいうときの「熱」である。とすると、詩の内容との関係が問われることになろう。

熱

折々道普請の人夫が来て、
石を小さく割つてゐる。
そいつが梯子を掛けて、
己の脳天に其石を敲《たた》き込む。

己の脳天はとうとう往来のやうに堅くなつて、
其上を電車が通る、五味車《ごみぐるま》が通る、柩車《ひつぎぐるま》が通る。

短い詩である。前の四行と後の二行とのあいだに一行の空白が置かれている。「フィーバー」は身体の熱で、平熱が異常に上った状態だろう。それをタイトルに置いている。体熱の上ったことをいうのに、病気とか精神的亢奮なんか言わないで、道路工夫が「己の脳天に」小さく割った石のかけらを「敲き込」んだ状況を言っているのだから、異常な想像力という外ない（わたしたちも道路工事の現場に通り合わすことがあるだろうが、まさかあの砕かれた石が自分の頭に叩き込まれるのを想像することは、あるまい）。

百年前のドイツの話だから、今とは工作機械も違い、すべて人力だったのだろう。積んで来た石を鶴嘴《つるはし》で砕いて、それをセメントで固めて舗装していることが考えられる。こうした工事も、東京では、当時まだ恒常化していた筈はなく、ヨーロッパへの留学経験のある鷗外だから、やすやすと訳したのだろう。つまり情景は、当時の日本人にとっては斬新なものだったに違いない。それを言えば、最終行に出てくる「電車」も（鷗外の創作詩「沙羅の木」のところで言ったように）、日露戦争後の新風物だったわけである。

さて、詩の内容だが、「己の脳天に其石を敲き込む」というのは、広くいえば比喩的表現（暗喩）ということになる。このごろ、自分の頭の働きがにぶくなり、石頭になって来た。その舗装道路みたいに固くなった石頭の上を、喩えてみれば、電車も走れば、「五味車」（塵芥車）も通る、ときには霊柩車も通るのだ、というあたりはアイロニーを含めて笑っているともいえる。ごみとか死者とかいった負の存在をわざと出しているのである。

こう考えると、この詩は、〈おれの頭もこのごろ石頭になっちまって融通きかねえんだよな〉と嘆いている知的な青年クラブントの姿と、それに同情している訳者鷗外の姿とが、重ねられて、浮かんでくるのではないか。

原詩は左の如くで、脚韻風の音楽的配慮がみられる。

Fieber

Öfter kommen Chausseearbeiter
Und hacken Steine klein.
Und stellen eine Leiter
An und klopfen die Steine in meinen Schädel ein.

Der wird wie eine Straße so hart,

Über die eine Trambahn, eine Mistfuhre, ein Leichenwagen knarrt.

「…アルバイター」(一行目)と「ライター」(三行目)、そして「クライン」(二行目)と「アイン」(四行目)が響き合っている。五行目の「ハルト」が六行目の「ナルト」と脚を合わせているのが見られる。こうした内容の詩にあっても、小唄風に口ずさんでいるのである。

六番目の「物語」はすでに読んだので七番の「又」(原題Wieder「ふたたび」とか「くり返して」とかいう意)にすすもう。

又

お前又忍んで来たね、
闇の夜に。
あるたけのお前の智慧が
向不見《むこうみず》のお前の熱に負けたのだ。

そして又昔のやうにしろと
お前は己にねだる。

せつなかつたかい。
お前泣いてゐるね。

いわゆる濡れ場の、男女逢い引きの詩であって、もはやこういう場面が遠い遠い記憶になってしまったわたしなど、なんと挨拶していいのかわからない詩だ。しかし五十二歳の鷗外はこれを選んで訳した。

Wieder

Wieder willst du zu mir schleichen
Durch die dunkle Nacht.
Alle Kluggedanken weichen
Deinem wilden Unbedacht.

Und du bittest,
Daß ich wieder sei wie einst.
Littest

Du? - (Du weinst…)

「シュライヒェン」（一行目）と「ヴァイヒェン」（三行目）、そして「ナハト」（二行目）と「ウンベタハト」（四行目）が、小唄風に響き合っている。五・六・七・八行などは、「ビッテスト」「アインスト」「リッテスト」「ヴァインスト」と、「st」でつないでいる。七行目の「Littest」（Leiden「苦しむ」の過去形）から八行目の「お前は?」の疑問形、そして「-」《ハイフン》があって（ ）の中の「お前は泣いている…」のあたり、訳しにくいところを鷗外はなかなかうまく訳しているのではないか。

八番目の訳詩は「神のへど」。

神のへど

どの神やらがへどをついた。
其へどの己は、其場にへたばつてゐて、
どこへも、どこへも往くことが出来ない。

でも其神は己のためを思つて、

いろいろ花の咲いてゐる
野原に己を吐《は》いたのだ。

己は世に出てまだうぶだ。
おい、花共、己を可哀く思つてくれるのか。
お前達は己のお蔭で育つぢやないか。
己は肥料《こやし》だよ。己は肥料だよ。

自分自身のことを「どの神 ein Gott」かが吐いた「へど」（嘔吐物）だと考えるのは、かなりつらい自己認識ともいえるし、その程度の存在なんだよ俺は、といった自嘲的なせりふともとれる。しかし、その神って奴は、情のある奴でもあって、花原の中へ、おれを吐いてくれた。おれのお蔭で育つ、おれを肥料にして育つ花どもよ、おれをあわれんでくれるのかい、というのである。

原詩は、次のようなものだ。

Es hat ein Gott

Es hat ein Gott mich ausgekotzt,
Nun lieg ich da, ein Haufen Dreck,
Und komm und komme nicht vom Fleck.

Doch hat er es noch gut gemeint,
Er warf mich auf ein Wiesenland,
Mit Blumen selig bunt bespannt.

Ich bin ja noch so tatenjung.
Ihr Blumen sagt, ach, liebt ihr mich?
Gedeiht ihr nicht so reich durch mich?
Ich bin der Dung! Ich bin der Dung!

原詩の音楽性については、判り易いと思うので、あえてふれない。「俺って、若僧は、こんなところなんだよ」と口吟《くちずさ》んでいる。

次の詩をざっと見て置こう。

川は静に流れ行く
川は静〔しづか〕に流れ行く、
同じ早さに、
波頭の
白きも見えず。

覗けば黒く、
渦巻く淵の険《けは》しさよ。
こはいかに。いづくゆか
我を呼ぶ。

顧みてわれ
色を失ふ。
漂へるは
我骸《わがむくろ》ゆゑ。

「神のへど」では、自分自身が、「どの神」の吐いた嘔吐物に擬せられていた。今度は自分の死骸から声をかけられて「色を失」っている。自分の死を想定しているのである。これが、まだ若い、二十代の青年の詩なのである。むろん、死を想定することは、年齢と関係なくおきる。むしろ老齢になって死を思うのとは違う、死の予感が、青年に（あるいは少年にさえ）生ま生ましいことは現代でもみられるところだ。クラブントが、自己否定的な自己を歌った詩を、鷗外は、選び出して訳したのである。

原作を写して置く。

Still schleicht der Strom

Still schleicht der Strom
In gleicher Schnelle,
Keine Welle
Krönt weiß die Flut.
Steil ragt die schwarze

Gurgelnde Tiefe.
Da ist mir, als riefe
Mich eine Stimme.

Ich wende das Auge
Und erbleiche:
Denn meine Leiche
Tragen die Wasser…

先日、友人と話していたら、ついで話のように出たのが、晩年の鷗外が内心、爵位をほしがっていた筈だという話である。口には出さなかったが、鷗外も、爵位を得てもおかしくなかったが、得られなかった。陸軍内部の権力争いが背後にあったろうし、なにしろ文武両刀づかいの鷗外は、陸軍からは文士と思われていた。

もし爵位を得ていれば、世襲によって森於菟もバロンをついだ筈で、未亡人の志げの生活も安定しただろう。昭和二十二年（一九四七）の華族制度廃止まで森家は、男爵家だった筈だという、現実にはなかった噂咄をしたのであった。鷗外のあの有名な遺言状の、烈しい口調には、おそらく陸軍に対する鷗外の私怨（？）のようなものがこもっているのだ。

第二十六章　クラブントの訳詩「ガラスの大窓の内に」「以碑銘代跋」を読む
ショッテリウス「アテネ人の歌」を読む

クラブントの訳詩の解読がこれで終った。今まで読むのをしなかった「うたひもの」の「アテネ人の歌」（ショッテリウス）を読んで、これで『沙羅の木』の訳詩はすべて読んだことになった。

クラブントの処女詩集の中の一番終りの詩は、鷗外の訳詩でも、最後に置かれている。「以碑銘代跋」（碑銘を以《もつ》て、跋に代える）である。この詩は、後で読む予定だ。その前に置かれた訳詩が、「ガラスの大窓の内に」である。この詩は、原詩集でも、終りから三番目に置かれている。十八行からなる、やや長目の詩だが、一読してどこがいいのかわからない平凡な内容だと、わたしは思う。前半の八行を写す。

ガラスの大窓の内に

己はカッフエエのガラスの大窓の内にすわつて、
往来の敷石の上をぢつと見てゐる。
色と形の動くので、己の情を慰めようとしてゐる。
女やら、他所者《よそもの》やら、士官、盗坊《どろぼう》、日本人、黒ん坊も通つて行く。
皆己の方を見て、内で奏する楽に心を傾けて、
夢のやうな、優しい追憶に耽らうとするらしい。
だが己は椅子に縛り付けられたやうになつて、
ぢつと外《そと》を見詰めてゐる。

ここまで写して来て、ずい分と矛盾した設定だなあと気付いた。初め読んだときには、(ちょっとヘンだとは思ったのだが) はっきりとは意識しなかったのだった。

まず「己」は、「カッフエエ」の「ガラスの大窓」の内側に座っているというのだからカフェの室内にいるのだ。よくある、道に出ている椅子ではない。ガラス越しに往来の敷石の上を動く「色と形」を見て、自分の心を慰めようとしている。そこの往来をいろいろな人が通っていく。「女」「他所者」「士官」「盗坊」「日本人」「黒ん坊」と列挙してあるが、この中の「他所者」や「盗坊」は、見ただけでわかるものだろうか。また、中国人と見分けがつかないとよく言われる「日本人」(「Japaner ヤパーナー」) をわざと出しているのは解せない。また「女」というのもなんだ

ろう。女性の「他所者」や「盗」人はいないのか。人種やジェンダーへの偏見が、かなりはっきりしているみたいだ。

「皆」とあるから、通行人は皆、ガラスの窓の内に座っている「己」を見るのだ。ここは「己」の方の見られている意識を言っているととっていいが、「皆」が、カフェの内部で演奏する音楽に心を傾けているというのはなんだろう。ガラス窓の内側の音楽を聴くのには、往来をぞろぞろ歩くのは、ふさわしくない。

とすると、通行人を勝手に偏見をもって見分けたように、通行人の行為についても「己」は、勝手な幻想を抱いたということなのかと思われる。「夢のやうな、優しい追憶に耽」りたいのなら、カフェの中へ入って来て、そうすればいいのである。あれもこれも「己」の勝手な幻想であり妄想であると、うけとる外ない。それならそうと、素直に書いてもいいのにクラブントは妙にもって回った言い方をする。

そして「己」は「椅子に縛り付けられたやうになつて」外を見詰めるばかりだ。詩の後半へすすもう。

誰ぞひとりでに這入つて来れば好い。
髪の明るい娘でも、髪の黒い地獄でも、
赤の、黄いろの、紫の、どの衣《きぬ》を着た女でも、

いつその事、脳髄までが脂肪化した、
でぶでぶの金持の外道でも好い。
只這入つて来て五分間程相手になつてくれれば好い。
己はほんに寂しい。あの甘つたるい曲を聞けば、
一層寂しい。ああ己がどこか暗い所の
小さい寝台の中の赤ん坊で、
母親がねんねこよでも歌つてゐてくれれば好い。

「己」は、話し相手がいない、寂しい心境の中に沈んでいる。それを救ってくれる人の出現をひたすら望んでいる。「髪の黒い地獄」とは「地獄＝密淫売婦、私娼」を指す。してみると四行目の「女」というのも「情婦、めかけ」を指すのかもしれない。「外道＝悪魔」というのも「脳髄までが脂肪化した」「でぶでぶの金持の」というのも、女性に対する相当の差別的表現であろう。すべて、寂しい、ひとりぼっちの「己」を慰めてくれる者なら誰でもいいのだ。最後には母親まで出して来てマザコンみたいなことを言っている。

ただ、わたしは、こういう詩の底に、ただ孤愁を訴える青年の心情などというものだけを読みとるばかりではない。「己」は、クラブント自身を濃く反映しているにしても、あくまで作中主体である。こんなことを呟いている青年が、クラブントには、身近だったというにすぎない。

鷗外は、この詩をなぜ選んだのだろう。クラブントらしい詩だと思ったからに違いないが、自分の若いころのドイツ留学中のある日の姿をそこに見出したためかもしれない。
この詩の原作を引用することは止めて置くが、この詩も脚韻は使ってある。音楽性は考えられているのだ。

以碑銘代跋
（Bry に与ふ。）
是をストラアルズンドの処女二十有七人の墓となす。
皆某の飜訳に由りて、此詩人の近業を読み、
感じ易き青春の心、
一人の能く抑制するなく、
或は自ら縊《くび》れ、或は水に投ぜるなり。
別に一人ありて詩人に奔《はし》れり、其長椅の上に。

原詩は次のようになっている。

Epitaph als Epilog

(Für Bry)

Hier ruhen siebenundzwanzig Jungfrauen aus Stralsund,
Denen ward durch einen Interpreten des Dichters neueste Dichtung kund.
Die hat die empfindsamen Mädchenherzen so sehr begeistert,
Daß auch nicht eine mehr ihr Gefühl gemeistert.
Man hängte sich teils auf, teils ging man in die See.
Nur eine ging zum Dichter selbst. (Und zwar aufs Kanapee.)

ここに書かれたのは、二十七人の処女の碑銘、つまり石碑に刻まれた文章である。ストラアルズンドとはどこかわからぬが、ズンドといえばノルウェーとデンマークの間の海峡だから、異国といっても、クラブントの郷里に近い。

「此詩人」とは、タイトルに添えられた詞書にあるBryという人なのだろう。そううけとって置く。詩人よ、お前の近業を、ある人の翻訳によって読んだストラアルズンドの処女二十七人が自殺してしまった。その墓碑銘を、ここに綴り君の詩集への跋文とする。ところで二十七人の外に一人の処女があって、彼女は（自殺する代りに）詩人のもとへと奔った。それも外ならぬ詩人の寝椅子の上に奔ったのだ。

跋文は、自分で書くこともある。自跋である。クラブントの処女詩集『曙だ！　クラブントよ、日々の夜明けだ』（一九一三）の最後に置いたのであるから、自分の詩集への自叙跋とうけとることができる。事実その想いを込めてもいるのだろう。

とすると「Bry に与ふ。」という添え書きが気になってくる。「Bry よ、誰かが訳した君の詩集を読んだ外国《とつくに》の処女が、感動のあまり自死した。ぼくは、その二十七人の処女のために墓碑銘を書いた。ところで、一人の処女が居て、自死することなく君のところへ行き同衾したというじゃないか」。この最後の一行の寝椅子のところは、（　）の中に入れてある。詩は例によって脚韻を踏んでいる。とくに「See」（入水した湖）と「Kanapee」（同衾した寝椅子）の語呂あわせなんかは、かなりきついイロニーだ。

今、あらためて『沙羅の木』の訳詩の構成が多彩というか、実に種々さまざまなのにおどろく。今までにふれて来なかったが、「うたひもの」としてグルックのオペラ「オルフエウス」のあとに置かれたショッテリウスの「アテネ人の歌」がある。

ショッテリウスとはギリシャ人らしい名だが不詳。その詩の独訳から重訳したのかもしれない。

アテネ人《びと》の歌

死なめ、国と家のためにこそ、身は。国は汝《な》が国、家は汝が家。いざや、うち立て、仇《あた》防ぐため。孫子護ると、笑《ゑ》みて棄つる身。進め、わかうどよ、しばしもためらはで。仇におぢめや、背後《うしろ》見せめや。恥づべからずや、わかうどためらひて、勇む翁《おきな》に手負ひ、死なせば。死ぬべきは、まだ波打てる黒髪に春花鬘《はるばなかざ》さむ若き身。女子《をみなご》の愛でし匂《にほひ》残りたらむ、雄叫《をたけび》の迹《〔あと〕》消えぬ顔にも。

というのである。

「アテネ人」とあるから、古代ギリシャのペルシャ戦争のときの詩を思ってしまう。わたし共の世代だと、呉茂一訳の『ギリシャ抒情詩選』を思い出す。この本は、初め昭和初期に出て、斎藤茂吉もそれに言及していた。今、わたしの見ているのは増補版の岩波文庫（一九五二）である。中でも有名なシモーニデースの詩を二つ挙げてみよう。

テルモピュライなる碑銘に

三百萬の軍勢と
そのかみこゝに
あひ戦つた

ペロポンネーソスよりの
四千の兵。

テルモピュライなるスパルタ人の墓銘に

行く人よ、
ラケダイモンの国びとに
ゆき伝へてよ、

この里に
御身らが　言《こと》のまにまに
われら死にきと。

七・五のリズムが訳文に使われているのが一見してよくわかる。鷗外の場合は、自ら軍人であり、中国大陸を転戦し、『うた日記』を残した人であるから、戦争における軍人の生死については当然よくわかっていたわけである。「アテネ人の歌」を訳すに際しては、戦野で闘った軍人か兵士を想いながら訳して『沙羅の木』に加えたのであろう。『沙羅の木』の鷗外の序文には「オルフエウス」という文章が、附録としてついている。グルック「オルフェウス」が、オリジナルの「イタリア文から訳したもので」演奏される経緯を述べた上で次のような附記をすることになった。

そんな企のあつたのは、今年（一九一四年）七月二日は原作者〔グルック〕の二百年目の誕辰に当つてゐたからで、其記念日に立派な演奏をして見ようと云ふのであつた。然るに六月の末にはオオストリアの皇儲〔皇太子〕がサラエヲで刺客のために命を殞《おと》し、それが導火になつて、オオストリアは刺客の故国たるセルキアに最後通牒を送り、波動の及ぶ所、遂にヨオロツパの大戦を惹き起した。切角の記念日は、オオストリアがどうするだらうと云ふ人心恟々の間に経過してしまつたのである。記念演奏などもどうなつたやら、私は精しい事を聞かずにしまつた。（大正三年十月）

日露戦争のあと十年で、ふたたび日本をも巻き込んだ大きな戦争の時代へと入ってしまったのだ。

わたしは、創作詩、訳詩のすべてを検討した今、「我百首」をもう一度読み直してみたい。近世以来の『万葉集』注釈の歴史の真似をして、一首一首読んでみたい。そのときには、どういうことか鷗外が、百首からはずしてしまった短歌、「明星」などに発表した歌も、同時に検討してみたい。そして、鷗外秀歌十首とでもいうものを、遊び心で選んでみたいなどという野望も抱くのである（後注　この野望は結局果たせなかった）。

『沙羅の木』の注釈を終ったら、わたしはどこへ行くだろうか。すでに、キリシタン文学抄とか、芥川龍之介の南蛮ものとかを少しづつ読みながら、木下杢太郎の晩年へと関心を移したりしてはいるのだが、思い切って杢太郎論へ進むかどうか、なお暫くの足踏みとためらい――それは愉しい躊躇と逡巡の日々――が挟まることも考えられるが、ま、それもいいではないか。

第二十七章　「我百首」について考える

「我百首」を現代の佐藤弓生の「月百首」と比べたり、その章分けを考えたり、「我百首」についてあらためて考え直してみた。

I　「我百首」と「月百首」

『沙羅の木』を、一作一作読んで来て、「我百首」を残すだけになった。

「我百首」というタイトルは「我」に関わる百首ということだろう。

佐藤弓生の『モーヴ色のあめふる』（書肆侃侃房　二〇一五）の中の「月百首」というのは正に、月に関わる（月という字の入った）百首であった。

ばら色の月《ルナ・ロッサ》　夜の女装者　ひとならぬものにふたたびなれぬすめろぎ
膀胱の燃える春です詩を産んで月があんなにむらさきいろで

といった二首を選び出すことも出来る。こういうとき「月」は主役のように見えながら実は、喩（寓喩）として使われているだけにもみえてくる。「我百首」（数字は掲載の順）でも同じである。

14　惑星は軌道を走る我《われ》生きてひとり欠《あくび》し伸《のび》せんために

35　我《われ》といふ大海の波汝《なれ》といふ動かぬ岸を打てども打てども

76　軽忽《きやうこつ》のわざをき人よ己《し》がために我が書かざりし役を勤むる

（14）は「私は生きているので時として欠や伸をする。つまりどうでもいい行為だが、仕事疲れをいやす行為でもある。地球という惑星は、そのあいだも休むことなく軌道を走ってるんだ。休息を知らない奴だなあ」と解することもできる。

（35）は、男女の間の関係を波と岸に比喩したともいえる。男女といわなくても人間関係すべての比喩ともみえる。

（76）は「あの軽はずみな役者（芝居の役者）はわたしが書いてもいない役を、自分自身の考えと欲望によって、演じているよね」というので、これは、たくさん芝居の台本を書いた鷗外の或る時の実感だったろう。

こうしてみると、現代歌人の佐藤弓生が工夫をこらしてさまざまな喩法で知的な歌を作っているのと、どこか似通っているところのあるのも面白いではないか。

II 「我百首」の恋の歌

「我百首」には恋（男女の関係）を歌った歌が、かなりの数ある。無論、単純な恋唄ではなく、鷗外の今までの恋愛（夫婦関係）を直接歌ったとは思えないものもある。二十五番目の「伽羅は来て伽羅の香、檀《か》は檀の香《か》を立つべきわれは一星《せい》の火」を、第一部（と仮りに呼ぶべき作品群）の終りとみるなら、（1）から（25）までのはいわば私《わたくし》論（「われとは何者か」を問うたもの）プラス嘱目詠（目に見たものを写生した即興の歌）の集りとみることも出来る。

（25）は、難解歌なので、十年前にわたしのつけた解釈を、再録して置く。「伽羅《きゃら》の木はそれの、白檀《びゃくだん》はまたそれなりの香りを立てるがよい。わたしはそのような名香のかおりとは関わりのない、はかない流れ星にすぎないのだよ」というのである。

「我百首」のいわば第二部ともいうべき部分は、（26）から（62）までの三十七首だろう。この部分は、恋愛論であり夫婦論ともいえる歌が多く並んでいる。

その中に、「目」の題詠っぽく、目をさまざまな角度から歌った作品が並ぶ。人間の目の動きとは何か。特に男女の間柄において目の果たす役割とは何かを、体験的というよりも、考察的批評的に歌っているのである。抒情《リリツク》というより箴言的で、アフォリズム集のようにも読むことができる作品群だ。

例として挙げれば、
31　いにしへゆもてはやす径寸《わたりすん》と云ふ珠二つまで君もたり目に
は、「昔から貴重なものとして、人々にもてはやされて来た直径三・三センチもある真珠を二つも持っていらっしゃるね、あなたの目は」。

33　彼人はわが目のうちに身を投げて死に給ひけむ来まさずなりぬ

解は「彼人《かのひと》（恋人）はこのごろ会いに来なくなってしまった。そのわけは、あの人は、ある日わたしの目という深い淵に投身して死んでしまったからなのだ」。

この（33）について、十年前のわたしは「目のテーマの歌の中では、一番おもしろく読む」といって評価していた。今のわたしならどう思うか。ま、機知の効いた作品だとは思うが、かりに女の嘆きを歌った一首と考えてみても、軽い恋であって、女はおもしろがっているだけだ。たくさん通って来た男たちの中で、あの人はこのごろ来なくなった。ひょっとするとわたしの目の淵に投身自殺したんじゃなくって！　と言っているのだ。そう評価の高い一首でもないだろう。

こうして、第二部の男女論、夫婦論の作品群は、（62）「闘はぬ女夫《めを》こそなけれ舌もてし拳をもてし霊《れい》をもてする」（解、夫婦喧嘩の歌とうけとって置くと、また、妻志げの顔がうかんでくる一首。「霊」は精神力の意だろう）に至って、一区切りがつき、(63)以下は、「我百首」第三部に入るようである。

Ⅲ　「我百首」の生活詠

これを書いている最中に、パリでISによる連続テロが起きて連日そのニュースが大きく報ぜられた。鷗外が『沙羅の木』を出した大正四年（一九一五）というのも、ヨーロッパで第一次世界大戦が起きていて、百年続いた平和が、深部であやうくなっていた時代といえる。しかし、そうした時代思潮にふれた作品は、この詩集にはほとんどない。

第三部の作品のうち、官吏としての鷗外の生活を歌ったと思われる歌は、もち論わるくない。

66　「時」の外《と》の御《み》座《くら》にいます大君の謦咳《しはぶき》に耳傾けてをり
69　怯《〔おく〕》れたる男子なりけりAbsinthe《〔アブサント〕》したたか飲みて拳銃を取る　〔Absinthe＝アブサン酒〕
72　大多数まが事にのみ起立する会議の場《には》に唯列《なら》び居《を》り
73　をりをりは四大仮《け》合《がふ》の六尺を真直に堅《〔た〕》てて譴責《〔けんせき〕》を受く
74　勲章は時々の恐怖に代へたると日々の消化に代へたるとあり
77　「愚」の壇に犠牲《いけにへ》ささげ過分なる報を得つと喜びてあり

81　書《ふみ》の上に寸ばかりなる女《をみな》来てわが読みて行く字の上にゐる

82　夢なるを知りたるゆゑに其夢の醒めむを恐れ胸さわぎする

93　をさな子の片手して弾《ひ》くピアノをも聞きていささか楽む我は

一々解釈をほどこさずとも読める歌だと思うが、鷗外の官僚としての仕事の中で、天皇の謦咳《せきばらい》をきくこともあったろう。自殺に追い込まれた者を見たこともあったろう。反論を抱いて会議の席に坐っていたこともあったろう。上役にさからって、お叱りを受けたこともあった。（82）の夢の歌も、正直に夢を歌ったものと考える。ピアノを弾く茉莉を父親らしく見ていることもあった。

こうした、比較的、素直な生活詠に比べるとワグナーを歌ったらしい三首や、「一寸法師」や「一つ目小僧」や「女の化粧（化け物）」を歌った歌どもは、ブッキッシュで〔学者臭が強く〕、知識だけで作り上げた歌のように見える。

「我百首」と、歌の数を「百首」と決めた以上、数合わせに、多少駄作でも、入れなければならない。そうした埋め合わせの歌が未熟であっても、これは仕方があるまい。さて、

99　省みて恥ぢずや汝《いまし》詩を作る胸をふたげる穢除くと

100　我詩皆けしき贓物《ざうもつ》ならざるはなしと人云ふ或は然らむ

この二首をもってＪ我百首」をしめくくっているのは、なかなかいい眺めではないか。「自分の胸を塞いでいる穢物をとり除くために詩を作るのだ」とか「わたしの詩はすべて怪しい盗作だといわれるが、ひょっとするとそうかもしれない」というのは、「我百首」だけでなく「沙羅の木」（創作詩）の詩も、あるいは訳詩すらそうかもしれないという自覚あるいは揚言ともうけとっていいのだろう。

「我百首」の、訳詩からの影響も、細かくみれば、色々あるだろうが、

38　散歩着の控鈕《ボタン》の孔に挿す料《しろ》に摘ませ給はん花か我身は

というのは、以前に注解しつつ読んだクラブントの訳詩「前口上」の中の、

晩になると、己はボタンの穴に
ダリアの花を挿して、魂を連れて散歩する。

の二行なんかを連想させはする。しかし、こんなのは、西欧の風俗としてごく普通のことだと思えば、無理に両者を結びつける必要はない。

創作詩の最後に置かれた「直言」にみられる新聞記者への皮肉をこめた描写、例えば、「生憎

何も出来合ひて／あらず、鼬《いたち》や道切りし、／インスピレエション無沙汰して。」「そこを押してぞわれ願ふ。／たとひ詰まらぬ作にても／お名前あれば人は買ふ。」などというところと、「我百首」の中の、

8　此星に来て栖みしよりさいはひに新聞記者もおとづれぬかな

を比べると、多行詩の優位がはっきりしている。皮肉《アイロニー》も笑いも多行詩の方が肉が厚いのだ。しかし、短歌で、「明星」から「スバル」へという雑誌名を星の住みかえに使ったのは、いかにも美しくてやすらかだ。つまり短歌と詩は、別々の働きをしている。鷗外の業《わざ》は、かなり冴えている感じがする。

わたしは、今、小堀桂一郎氏が鷗外最終の創作とよぶ「奈良五十首」を、「我百首」と比べてその親近さと隔離《へだたり》を探ってみたいと思い始めている。

四十七歳のときの「我百首」。そして、六十歳のときの「奈良五十首」。宮内省帝室博物館総長図書頭《ずしよのかみ》として大正七年（一九一八）から数年、正倉院の曝涼《ばくりよう》（虫干し）のため奈良を訪れた鷗外の短歌を、まだ若者たちとの競詠意識のつよかった「我百首」と読みくらべてみたいのである。

鷗外の最晩年は、エッセイ「古い手帳から」を並読する作業と共に、短歌の姿として、その変りゆくさま、不変のさまを併せて読むことができるかもしれない。

Ⅳ　「我百首」の章分け

「我百首」について、わたしの見立てた章分けのようなものを改めて書き直してみる。

第一部　(1)―(25)　私《わたくし》論（「われ」とは何者か）プラス嘱目詠
第二部　(26)―(62)　恋愛論、夫婦論
第三部　(63)―(98)　生活の歌（ワグナーの歌や、化物［一寸法師など］の歌などブッキッシュな歌を含む）
第四部　最後の二首　ただし「盗作」といったって、すべての独創は模倣に始まるという、ヴァレリー流の真理は、鷗外も充分心得ていた筈だから、「贓物」という比喩は、単なる自己否定ではなく、むしろ一つの積極的主張ととった方がいい

第一部の最初に置かれて、多分、人を驚かしただろう、神を題材にした歌は、このどの分類にも入らないではないかと思われるかもしれない。

1　斑駒《ぶちごま》の骸《むくろ》をはたと抛《なげう》ちぬOlymposなる神のまとゐに

2　もろ神のゑらぎ遊ぶに釣り込まれ白き歯見せつ Nazareth の子も
3　天《あめ》の華石の上に降《ふ》る陣痛《ぢんつう》の断えては続く獣《けもの》めく声
4　小き釈迦摩掲陀《〔マガダ〕》の国に悪を作《な》す人あるごとに青き糞《ふん》する
5　我は唯この菴没羅菓《あゝむらくわ》に於いてのみ自在を得ると丸呑にする

「最初の五首は、ギリシャ神話と日本神話を寓意的に用いた喩の歌にはじまった。そして謎めいた「陣痛」の歌をはさんで、仏教説話の世界、つまり古代インドへ入った。すべて神話や説話は、喩の技法として用いられている。（中略）知的操作ばかり目立って、真意が届かないともいえるが……」などと、十年前に、わたしは注記していた。

しかし、今、百首を総観して思えば、そう重くるしくうけとることもないかもしれないのではないか。（1）（2）は、神とかイエスをもち出しているが、一般に鷗外の官吏生活でぶつかった、人の集団と集団の関わり、その中の個人の働きについて、喩法を用いたと考えてもいいだろう。陣痛の歌など、雪の日の志げのお産のときの歌とうけとってもいい。（5）も「自在を得る」と信じている何かの妙手に「あゝむらくわ」（マンゴー）をあてはめて読めばいいのだ。そうみれば巻頭五首は、百首の序章として働いているともとれる。

第二十八章　「奈良五十首」の考察に入る

『沙羅の木』の「我百首」とは直接関係はない「奈良五十首」であるが、鷗外の晩年を考えるには重要なので読んでゆく。

「奈良五十首」を、一首一首読んでゆきたいのであるが、年譜（山崎一穎編）を見て、このあたりの鷗外の官位や家族関係などを復習して置きたいと思う。

大正五年（一九一六）　五十四歳

四月十三日、陸軍軍医総監・陸軍省医務局長を辞任。退職後の心境を「空車」に書いた。尚この年三月二十八日母峰子が七十歳で没した。

大正六年（一九一七）　五十五歳

十月三十日—十二月二十六日まで史伝「北条霞亭」を書いた。随筆「なかじきり」は九月筆。この年漢詩を多数発表。そして十二月二十五日、臨時宮内省御用掛を辞し、宮内省帝室博物館総長兼図書頭《ずしょのかみ》に就任。高等官一等となる。このため新聞社との関係を断つ。「北条霞亭」一時中止。

大正七年（一九一八）五十六歳

「礼儀小言」一月一日—十日（東京日日新聞、大阪毎日新聞）を発表。二月から九年一月まで「北条霞亭」続稿を「帝国文学」に発表。十一月三日から三十日まで正倉院曝涼《ばくりょう》のため奈良へ出張。十二月四日から病臥。

大正八年（一九一九）五十七歳

一月、六国史校訂準備委員長になる。九月八日、帝国美術院初代院長となる。十月、『帝諡《ていし》考《こう》』の稿を起こす。十月三十一日から十一月二十二日まで、正倉院曝涼のため奈良へ出張。

大正九年（一九二〇）五十八歳

一月二十二日から二月十四日まで腎臓とインフルエンザのため病臥。十月から翌年十一月まで「霞亭生涯の末一年」を「アララギ」に連載。完結を見た。十一月一日から二十二日まで正倉院曝涼のため奈良へ出張。この年常磐会を解散。

こうして年譜をたどると、鷗外が陸軍の官位を辞してから「空車」にその心境をのべていたり、随筆「なかじきり」を書いておのが人生に一つの区切りをみているのがわかる。それなのにかれが官位を離れていたのは二年足らずのあいだにすぎず、やがて宮内省帝室博物館総長兼図書頭にかえり咲いている。そしてこの官位は陸軍軍医としての功績によるものではなく、明らかに文学者としての仕事と令名が呼び込んだものだろう。そして、この官位の仕事として正倉院曝涼に立ち合うことになり、それが「奈良五十首」を生むことになったのだ。

また鷗外の健康は、年譜による限り大正七年ごろから悪くなっており「病臥」という記事が出てくる。恐らく腎臓疾患だけでなく、持病の肺結核症（かれは死ぬまでかくしていたが）が悪化したのだろう。

年譜に戻ろう。

大正十年（一九二一）五十九歳

三月、『帝諡考』を宮内省図書寮より刊行。四月、「元号考」の稿を起こす。六月、臨時国語調査会会長。十一月、第三期「明星」創刊号から翌年七月まで「古い手帳から」を連載。十月三十一日から十一月二十二日まで正倉院曝涼のため奈良へ出張。このころから時々下肢に浮腫が現われる。

大正十一年（一九二二）六十歳

一月、「奈良五十首」を「明星」に発表。三月十四日、欧州に赴く長男於菟、長女茉莉（フランス文学者山田珠樹の妻）を東京駅に見送る。四月三十日から五月八日まで英国皇太子の正倉院参観のため奈良へ出張。健康優れず病臥の日多し。六月十五日から欠勤。二十九日初めて額田晋《ぬかだすすむ》の診察を受け、萎縮腎、肺結核の進行が確認される。七月六日、賀古鶴所に、遺言を口述筆記させた。九日、午前七時死去。十三日向島弘福寺に遺骨は埋葬された。

「奈良五十首」とは、鷗外の死の年に発表されたものだ。おそらく前年の末ごろ稿は成っていただろう。鷗外の、最後の文学的作品だといわれるのは尤《もっとも》である。と同時に、鷗外が病とたたかいながら作った詩歌だったともいえよう。鷗外の晩年の帝室関係の仕事については、「文学」二〇一三年一、二月号の特集「森鷗外の諸相」の中に、「接続する「神話」――『天皇皇族実録』『日本神話』『北条霞亭』」と題する村上祐紀（一九七九年生の若い研究者）の論文あたりを手掛かりにして、後になって考えてみたいと思っている。

「奈良五十首」は、次のように始まる。

1　京はわが先づ車よりおり立ちて古本《ふるほん》あさり日をくらす街《まち》
2　識れりける文屋《ふみや》のあるじ気狂《きくる》ひて電車のみ見てあれば甲斐なし
3　夕靄《ゆふもや》は宇治をつつみぬ児《ちご》あまた並居《なみゐ》る如き茶の木を消して
4　木津過ぎて網棚《あみだな》の物おろしつつ窓より覗く奈良のともし火
5　奈良山《ならやま》の常磐木《ときはぎ》はよし秋の風木の間木の間を縫ひて吹くなり

一読して、ずい分と素直な歌どもだなあと思ってしまう。「我百首」の出だしのところなどとは全く違うのである。かつてあったリルケ風の象徴詩などという気配はない。京都から宇治を経て、奈良へと向かう。その折々の気分が、写生されている。

「我百首」は、まさに「我」をどう見るかという視点から作られたと、大よそのところはいえる百首であった。「奈良五十首」は、鷗外晩年の心境をさぐるには、題材が「奈良」に限られすぎているともいえる。公務による出張というものの、京都経由で行く奈良旅行の旅の歌という趣がつよい。「我百首」といちじるしく違うのは、そこのところだ。

たとえばの話だが、この奈良出張のころ、鷗外をなやました筈の疾患は、多分、旅行中にもいろいろの思いを呼んだことだろうが、それは一切歌の中には出て来ない。

また、大正八年八月六日には、長男の於菟に長男真章《まくす》が生まれた。鷗外は祖父、おじいさんになったわけである。また、この年の十一月二十七日には長女の茉莉が、フランス文学者の山田珠樹と結婚式を挙げている。そのような、家族的なよろこびを、歌に託すのはごく自然なことだろう。しかし「奈良五十首」にはそのような歌は、当然含まれていないのである。

晩年の日記「委蛇録」の十一月二十七日の記録は「午前日比谷大神宮にて式を挙ぐ。日比谷精養軒において夕宴。是の日天気晴朗」とある。奈良から帰った日の雨を思いながら「晴朗」を喜んでいるさまがみえる。こういう家族的な事どもについても、当然、歌が伴ってよさそうであるが、「奈良五十首」は、旅行詠であるから、それは無い。

ついでに言うと、大正七年十一月三日より同三十日に至る第一回奈良滞在については「日記」の中に、「寧都〔奈良〕訪古録」として特別に詳しい記事があり、全集では「考証」の部に入っているが「南都小記」という、三四頁にも及ぶ、詳細な覚え書もある。鷗外は、はじめて正式に訪れる奈良について、文献をあさって、その歴史や地理を調べて、覚え書を作っているのだ。あらためて、鷗外という人が、なにごとにつけ、用意周到であり、なにかを知るためには、充分な努力をする人物であることを知って敬服するのだ。

「奈良五十首」の歌を、もう少し詳しくみていきたい。

（1）の「車」は、人力車であろう。京都という「街」を言うのに、その景色だの、街全体の印象などを言うことなく、「古本」探しをする街なのだと言っている。

わたしは、すぐに、妻志げとの新婚当時、任地の小倉へ帰る旅の途中、京都へ寄って、一泊した鷗外のことを思い出した。明治三十五年（一九〇二）、鷗外四十歳のときのことだ。そのときのさまは、志げの書いた小説の中に、なまなましく描かれている。志げの小説とはいうものの、それは鷗外の眼を通っていて、鷗外の手が加わっていた筈で、そこには間接的に、鷗外の心情も語られていたように、わたしには思えた。それに比べると、（1）の歌、そして旧知の古本屋の主が、「気狂ひて」しまったという歌どもをもって、京都を詠むというのは、いかがなものだろう。鷗外の心は、二十年近くを経て、ただ自分の好みとか、公務にあたっての関心事だけに、冷ややかに局限されているというべきか。

あるいは、鷗外が、充分に事前調査をした奈良を歌う前に、こうした散文的な作品を、わざと置いてみたということなのか。

(3)の宇治の歌は、叙景であるが、なかなかよい歌である。「茶の木」を表現するのに、「児《ちご》あまた並居る如き」と幼い児の喩を用いているのが、あたたかい印象だ。あるいは、この「児あまた」の底には、自分の育てた子たちの像が、無意識のうちにかくされているかもしれないのだ。「我百首」でいえば「をさな子の片手して弾くピアノをも聞きていささか楽む我は」のような歌に通ずるものを感ずる。ただし、茶の木の歌は直喩の歌であって、直叙の歌ではない。

(4)の「木津過ぎて」は、その点、直叙の歌、即興の歌である。「ともしび」とあるから、汽車は、もう夕暮の中を走っているのだ。「木津」は「京都府南部で木津川の中流域を占める市。南部は奈良県に接する」と今の辞書にあるところだろう。「木津」という地名と「奈良」という地名を結んだ一首だ。

KIDUSUGITE/AMIDANANO-MONO/OROSITUTU/MADOYORI-NOZOKU/NARANO-TOMOSIBI

こんな風にローマ字で書いてみるとイ母音で始まる初句が、結句のNARAという、ア母音の地名へとうけわたされていくさまをみることができる。奈良を見るには、木津では少々早すぎるのだが、鷗外は、この地名を生かそうとしたのだ。

（5）はそれをうけて「奈良山」をもって来ている。「秋の風木の間木の間を縫ひて吹くなり」というのも、松や杉を見ながらの即興の歌であって、完成している。奈良山は『万葉集』にも例歌がある。それを意識しての歌だろう。

6　奈良人《ならびと》は秋の寂しさ見せじとや社《やしろ》も寺も丹塗《にぬり》にはせし
7　蔦かづら絡む築泥《ついぢ》の崩口《くえくち》の土もかわきていさぎよき奈良
8　猿の来《こ》し官舎の裏《うら》の大杉は折れて迹〔あと〕なし常なき世なり

ここまでが、「奈良五十首」の序章とみていいだろう。さきにふれた奈良山の歌を『万葉集』から一首だけ引いて置く。

君に恋ひ甚《いた》も術《すべ》なみ平山《ひらやま》の小松が下に立ち嘆くかも　　巻四・五九三

こんな歌を読むと、鷗外が、いかにも散文的に奈良を歌っているのが目立つ思いだ。（6）の「秋の寂しさ」と「丹塗」との対照にしても、（7）の「いさぎよき奈良」の断定のために、「築泥」にからむ「蔦かづら」と、その「築泥の崩口」の土が乾いている印象とか、観察はこまかくて悪くないが、いささか説明口調で、あえていえば、平凡な気もする。

（8）の大杉の歌は、何度か出張で訪れたときの、前の大杉と、今回のそれとの違いを歌っているのだが「常なき世なり」という結句は、いささか平板というべきではないか。

わたしは、「正倉院」以下の寺社訪問の歌に入る前に、一つ紹介して置きたいことがある。それは、奈良から、子供たちに出した手紙である。

大正八年の十一月のものを引く。

一三二四〔書簡番号〕　十一月十一日　東京　森類《るい》宛　奈良より（端書）

ケフハ天キガヨイノデオクラニヰマシタ　コレカラハキヤウトノヱハガキヲアゲマス。十三日

森類は、鷗外の末子で明治四十四年（一九一一）生れだから、当時八歳である。

一三二五　十一月十三日　東京　森杏奴《あんぬ》宛　奈良より（端書）

これはきのふかつた京都のゑはがきのうちのきんかくじです。十三日

杏奴は明治四十二年（一九〇九）生れだから十歳である。同じハガキでも、こちらは平仮名で書いてある。

一三二六　十一月十四日　東京　森類宛　奈良より（端書）
ケフモ天キガヨクテオクラニヰマシタ。ヱンソクニイツタサウダネ。　十四日
一三二七　十一月十五日　東京　森類宛　奈良より（端書）
ケフモ天キガヨイノデオクラニヰマシタ。　十五日
一三二八　十一月十五日　東京　森杏奴宛　奈良より（端書）
このはがきは日えうにつくか月えうにつくかとおもひます。十五日

第二十九章　「奈良五十首」を生んだ鷗外の晩年とはなんだったか

鷗外の、奈良から子や妻に宛てた手紙と、鷗外の晩年の病状（肺結核と萎縮腎）を考える。併せて鷗外の漢詩を読む。

二〇一六年一月三日、ＮＨＫテレビのニューイヤーオペラコンサートで、グルックのオペラ「オルフェオとエウリディーチェ」を唄っているのを聴きながら、鷗外の「うたひもの」の「オルフエウス」について書いたのを思い出した。あれは読む戯曲ではなく、まさに「うたひもの」であり演じられたもの、それを観た筈の鷗外の体験が、あの訳詩にも反映していた筈なのである。そのあたりをわたしは、どう思って、あの解説を書いたのか、ちょっと不安になったのである。このことは、また別の機会に考えたい。

鷗外が、その晩年に、奈良から妻志げや子供たちに出した手紙や端書を紹介しようとしていたのだが、いささか不完全な引用をしてしまった。全集でみると、大正八年（一九一九）は長女の茉莉の結婚式のあった年であるが、書簡番号一二九八番（森志げ宛の端書）から一三四一番の森杏奴宛端書まで四十三通もあるのだ。わたしはそのまん中辺から五通を引用した。

それにしても、父親が、留守宅の子供に向かって書く文面にしては、変ってるなと思ってしまう、「今日も天気がいいので正倉院（オクラ）にはりついていなければならないんだよ。奈良見物ができないんだよ」なんて、小さな子たちに言うことだろうか。天気がいいのを嘆いているみたいではないか。むしろ、相手のことを尋ねてやるのがふつうではないか。

ただ、こう同じ嘆きだけ言ってる端書をみていると、これはこれで、「お父さんは、しっかり仕事してるんだよ、奈良へ遊びに来たのではないよ」と言っているみたいにも思える。

少し長い手紙（一三二九　十一月十五日　東京　森杏奴　森類宛　奈良より）を写してみよう。


コドモノテガミハミナオモシロカツタガ、パパノハウニハオモシロイコトガナイカラシカタガナイ。コトシハマイニチアサ天キガイイノデオクラニバカシイツテヰナクテハナラナイ。ダカラ天キノコトトオクラノコトバカシイツテヤルヤウニナル。コノツギノ土エウビガ二十二日デ、ソノヒノバンマデニハパパハキツトカヘルツモリダ。オミヤゲハアメノボウダ。

ところどころ「天キ」「土エウ」「二十二日」というように平易な漢字が入っている。子供たちの漢字学習段階を考えて使っている。正倉院のお倉にひきこもりの仕事がいやみたいにもみえて、これは子供向けのジョークなのかもしれない。いずれにせよ鷗外も子供にかえっている。

マツシマノコドモハニイサンガ小ガクカウガスンデエイゴノガクカウニイツテヰル。ツギノヲンナノコハ五ネンセイダカラナカ〳〵ムヅカシイサンジユツヲシテヰル。シカシカラダハアンヌクラヰダ。コノテガミハ月エウニイクダラウ。アト五ツネルト、パパガカヘルノダ。カヘルヒハ土エウダカラアソベル。　十五日ヨル　パパ　アンヌトルヰニ

こうした子供あての手紙は、妻志げも無論読んだことであろう。また読むであろうことは書き手の鷗外も予想していたに違いない。つまり、間接的には妻志げに宛てた手紙でもあった。

森於菟の『父親としての森鷗外』には「鷗外の健康と死」の章があって、長男で東大医学部出身の解剖学者の於菟から見た、鷗外晩年の、つまり今読みつつある「奈良五十首」が創られたころの健康状況についての、かなりくわしい記述がある。

鷗外の晩年の身体を診ていた主治医は、於菟と同窓の医師額田晋で、「東大を出て十年に満たない少壮の内科医」「父〔鷗外〕の親友青山胤通《たねみち》博士門下の俊秀であった」（引用は、於菟の本から。以下同）。額田は後になってから次のように語った。「鷗外さんはすべての医師に自分の身体も体液〔血液検査とか尿検査などを指す〕も見せなかった。ぼくにだけ許したので、その尿には相当に進んだ萎縮腎の徴候が歴然とあったが、それよりも驚いたのは喀痰《かくたん》で、顕微鏡で調べると結核菌

が一ぱい、まるでその純培養を見るようであった。鷗外さんはそのとき、これで君に皆わかったと思うがこのことだけは人に言ってくれるな、子供もまだ小さいからと頼まれた。それで二つある病気の中で腎臓の方を主にして診断書を書いたので、真実を知ったのはぼくと賀古翁〈賀古鶴《つる》所《ど》〉、それに鷗外さんの妹婿小金井良精《よしきよ》博士だけと思う。もっとも奥さん〈志げのこと〉に平常のことをきいたとき、よほど前から痰を吐いた紙を集めて、鷗外さんが自分で庭の隅へ行って焼いていたと言われたから、奥さんは察していられたかも知れない」。こんな主治医の証言に合わせるように、於菟は母に父の死の当時のことをきいたら「何事もあけすけにいう性質の母が「パッパ〈父のことで小さい弟妹等の言葉〉が萎縮腎で死んだなんてうそよ。ほんとは結核よ。あんたのお母さんからうつったのよ。」といったのを継母継子という悲しい関係からとかく素直には受け取らず、何かカチンときて黙殺してしまったことを思い出す」と書いている。確かに、鷗外の最初の妻赤松登志子は肺結核症にかかっていたが、当時、日本人の国民病といわれた肺結核症の初感染〈はじめて感染すること〉は幼少年時代であるし、もち論抗生剤などなかったわけである。「あんたのお母さんからうつったのよ」とは、医学的には間違った認識ではあっても俗説としてはそう思われていて、夫の前妻に対する、ごく素朴な嫌忌を口にしたにすぎない。登志子は、鷗外と離婚したあと、別の人と再婚し二子を産んだりしている。亡くなったのは結核によるものであった。

『父親としての森鷗外』からも、また小堀杏奴編の『森鷗外　妻への手紙』〈岩波新書　一九三八）からも、まだたくさんの引用したくなる証言がある。杏奴編に付された杏奴の回想なども、切実で興味ふかい。しかし、それは、また別の機会にしたい。「奈良五十首」の歌を読んでいこう。

第九首から「正倉院」の小題のもとに十五首並ぶが、このうち、最後の二首（22）（23）は寺回りの歌だから、正確に「正倉院」曝涼の役にかかわるのは十三首だ。

21　晴るる日はみ倉守るわれ傘さして巡りてぞ見る雨の寺寺

などというのは、子供たちへの手紙の内容と似かよっている。正倉院の歌とも寺回りの歌ともいえる。

「正倉院」の一首目は、

9　勅封《ちよくふう》の笋《たかんな》の皮切りほどく剪刀《かみそり》の音の寒きあかつき（一九七三年鷗外全集第十九巻）

9　勅封の笋の皮切りほどく鋏の音の寒きあかつき　（一九七九年鷗外選集第十巻）

の二つの表記があり、もともとは「剪刀」だったのが後の選集では「鋏」になっている。この件に関しては、すでに鷗外の研究家で美術史家の澤柳大五郎が『鷗外劄記《さつき》』（一九四九年十字屋書店刊。わたしの持っている『新輯　鷗外劄記』は一九八九年小沢書店刊）に、詳論してある。はじめは、「カミソリ」「ハサミ」両説があったが、この役をつとめた人にたずねたりして、「ハサミ」にきまった。短歌の出来具合としては大きい問題で「かみそりの音《ね》の」か「はさみの音《おと》」かでは、やはり後者がよい。鷗外の作歌は、むろん、「はさみのおとのさむきあかつき」のつもりだったのだろう。一首の上のア母音の働き具合なども、併せて考えられているのだ。

それにしても「勅封」が「箏」(竹の子)の皮で行なわれており、それを、曝涼のため年一回、切って開く道具が、鋏であり、その時刻が「あかつき」、(十一月だから、かなり晩くなっているとはいえ)朝明ける前だというのは、むろん、古式に則した伝統的行事だからに違いあるまい。それを、図書頭になった宮内省の役人の鷗外が、歌の形で記録してくれたということになる。

10　夢の国燃ゆべきものの燃えぬ国木の校倉《あぜくら》のとはに立つ国

この歌なども解釈が分かれる歌かもしれない。この日本の国は、校倉造りのような建造物が、消失しないで残っている国で、夢のように不思議な国だよというのだろうか。そうだとすると、少々稚なすぎる発想かもしれない。しかし、言われていることに反対する理由はない。初句と結句に「国」があるのは、韻律としては、固苦しく動きが少い気がする。

11　戸あくれば朝日さすなり一とせを素絹《そけん》の下《した》に寝つる器《うつは》に

あかつきに、勅封を切り解いて、器をとり出したところだろうか。戸を開けたら、その器の類に朝日が差し込んだ。一年間、素絹、粗末な絹織物にくるんであった器の類が姿をあらわしたのだ。この日の印象を、鷗外はこんなふうに「奈良五十首」に詠んだ。

「奈良五十首」のころの鷗外を知る資料として、前回書いたような「委蛇録」（日記）や「南都小記」（調査考証文）の外に、創作として漢詩がある。『鷗外歴史文学集』第十三巻（岩波書店　二〇〇一）にその詳しい注釈がついているので、わたしたちは、鷗外全集だけに体当りしていた昔の読者（わたしもその一人だったが）よりは、よほど有利といえる。

「奈良の詩群」の最初に「戊午の秋日、南都の客中に戯れに書す」（大正七年戊午の年の秋の日に奈良を訪れたとき、遊び心で作った詩）というのがある。詩の形としては「五言古詩」に属する。ちょっと写してみよう。

南都有鳴鹿
呦々断人腸
昔養神苑裏
今居市店傍
往来多大賈
所挈狭斜倡
男酔将杖打

南都に鳴く鹿がいる
呦呦《いういう》と鳴いて人の腸《はらわた》を断つ
昔は神苑の中で飼われていた
今は町の店のそばにいる
往来する人は豪商ばかりだ
連れ立つのは遊里の芸者だ
酔っぱらった男は鹿を杖で打ち

女媚与餅嘗　芸者は「かわいいわ」とせんべいをやる
鹿豈賈倡友　鹿は商人や芸妓の友ではない
盍去遊巒岡　ここを去って丘の上で遊んだ方がいいのに

むつかしい漢字は俗字にかえ、意味もわかりやすく書いてみたがおおよそのところはまちがっていないだろう。漢詩の規則としては、「平声下七〈陽〉韻「陽・傍・倡・嘗・岡」」というので、鷗外は少年時よりつちかって来た漢詩の教養によって、この五言（一行五文字）十行の詩を、一行置きの行末を同じ韻で揃えて作って、たのしんでいるのだ。まあ、わたしたちが、ヴァレリーやマラルメなどの訳詩にならってバラッドやソネットを作るに似ている。

この漢詩の内容は、奈良の鹿についての感想というよりも、鹿をステッキで打ったりする金持の商人に対する反感である。その商人が連れている芸妓に対する反感である。そうした連中がぞろぞろ歩いている奈良の町筋を軽蔑している。老いを意識している鷗外の私的感情の方が、公憤より先行している。

「奈良五十首」のずっと後の方だが「白毫寺」という前書があって、次に、

39　白毫《びやくがう》の寺かがやかし癡人《しれびと》の買ひていにける塔の礎《いしずゑ》

という歌がある。馬鹿者がいて、この輝かしい寺の塔の礎石を買ってしまった、と嘆いている

歌かと思われる。そして、その寺とは直接関係なさそうだが、次の歌がある。

40　踊る影障子にうつり三味線の鳴る家の外《と》に鹿ぞ啼くなる
41　酔ひしれて羽織かづきて鮰ひよりて鹿に衝《つ》かれて果てにけるはや

鹿が出てくる歌が（43）まで続く。しかしその内容は、漢詩とはかなり違っている。

42　春日《かすが》なる武甕椎《たけみかづち》の御神《おんかみ》に飼はるる鹿も常の鹿なり
43　旅にして聞けばいたまし大臣《おとど》原獣《けもの》にあらぬ人に衝かると

三味線にあわせて芸妓が踊るような店の外でも鹿は啼く。かと思えば酔っぱらって羽織をかぶって鮰いながら近づいたため鹿の角に突かれて死んだ男もいたのである。ところで勇猛さによって知られる男神をまつる春日山の社の鹿といったって、ただの鹿なんだよ。と思えば、東京駅頭、原敬首相が鹿ではなくて、人に突かれて、暗殺されたって話が届いた。こんな風に次々に話は変る。歌の方が、なんとなく軽く歌われている。漢詩の方が、どこか重く、戯詩といっても、内容はまとまっている。

わたしは、今、他の仕事の関係で、石川啄木の本を読んでいる。啄木と鷗外は、いうまでもなく、観潮楼歌会の仲間であり「明星」「スバル」で同じ場にいた。啄木の『一握の砂』（一九一〇）は『沙羅の木』（一九一五）より前の出版だ。啄木の「我を愛する歌」と鷗外の「我百首」には、相通うものがある。啄木の歌に伊藤博文の暗殺の歌が突如として出てくるのと、鷗外の「奈良五十首」の原敬の歌。鷗外は、若い同志の啄木の影響をうけた、というより若者から歌の作り方を学んでいたとは、いえないいだろうか。

第三十章　「奈良五十首」を読みつづける

鷗外の宗教観を考えながら「奈良五十首」を読みつづける。鷗外の短歌の特質についても考える。

「奈良五十首」を読み続ける。

12　唐櫃《からびつ》の蓋《ふた》とれば立つ絁《あしぎぬ》の塵もなかなかなつかしきかな

絁は「悪《あ》し絹」の意味で、太い糸で織った粗製の絹布。唐櫃は、四本または六本の脚のついた櫃。脚のない和櫃《やまとびつ》に対する。櫃とは、大形の匣《はこ》の類。箱の中には、器物や文書などが入っているのだろう。ふたが、粗製の絹布で出来ていたのだろう。ふたをとるときに、ぱっと埃が立つ。一年間しまってあるあいだにつもった埃だ。「なつかしきかな」の嘆声は、ああ去年もそうだったと、一年前のこの時を思い出しているのだろう。「からびつ」とか「あしぎぬ」とかいう言葉は、今のわたしたちからは遠い、耳慣れないものだ。しかし、歌は、この言葉の字の形とか、音や訓《よみ》によって成り立っている。

13　見るごとにあらたなる節ありといふ古文書《こもんじよ》生ける人にかも似る

よくわかる感想である。「……といふ」のは古文書を読む係りの人だろう。それを聞いて「その点は、古文書だけではなく、生きている人間がそうではないか。会うたびに違う印象をうけるものだよ」と鷗外は思ったのだ。

15　恋を知る没日《いりひ》の国の主《ぬし》の世に写しつる経《きやう》今も残れり

「恋を知る」が、いささか唐突に響くが、わたしの解釈では（聖徳太子の遣隋使に与えた手紙を踏まえて）「没日の国」である古代中国が中心となって動いていた時代に、仏教のお経を写した（写経）古文書があり、今に残って正倉院の古文献の中にある、という意味だろう。そこで「恋を知る」だが、たぶんその古文書の中に、恋をよく知っている中国人の文章だと思わせるものがあったのだろうと推察する外ない。歌としては、「恋を知る」は、無理な冒頭句だ。

16　はやぶさの目して胡粉《ごふん》の註を読む大矢《おほや》透《とほる》が芒《すゝき》なす髪

「胡粉」は「胡粉絵」であろう。白地の上に絵が描かれたもの。その絵に註がついている。その註の文章を大矢透が、鋭い眼で見ながら読んでいる。その頭髪は芒のようにぼうぼうと荒れている。大矢透がわからないが古文書研究家の一人なのだろうと推測しておく。

ここまでが、曝涼のときの、鷗外の数年分の経験から生まれた歌である。歌としては、うまくいっていないものもあるが、鷗外がいろいろ工夫している面がみえるし、内容は平凡ではない。その代り、時々難解になるのも止むをえない。

17　み倉守《も》るわが目の前をまじり行く心ある人心なき人

奈良の正倉院前を、多くの人が行く。その中には「心ある人」もいれば「心なき人」もいり混っている。この「心」は幾通りにも解されよう。その民衆たちに対して、それを見ている自分は正倉院を「守る」人間だ。

この歌と、

21　晴るる日はみ倉守《も》るわれ傘さして巡りてぞ見る雨の寺寺

とは、子供達への鷗外のはがきの内容と同じで、「み倉守る」は、役目として仕事として自分のやっていることを言っているのだ。そして雨の日は、寺寺の見物（見学）に出かけるのだ。

この二つの歌のあいだに次の二首がある。

18　主《ぬし》は誰《〔た〕》ぞ聖武のみかど光明子《くわうみやうし》帽《ばう》だにぬがで見られんものか

19　三毒におぼるる民等法《のり》の手に国をゆだねし王を笑ふや

「主は誰ぞ」は聖武天皇と光明皇后が仏教を国の宗教としたことを肯定し、この二人を「主《ぬし》」とした寺を、帽子も脱がないで見て回っていいのかと言っている。「三毒に」では、三毒（貪欲、瞋恚《しんい》〔怒り〕、愚痴）の三つの煩悩――これも仏教の教えだが――に溺れている民衆と、国を仏教におまかせしようとした聖武帝を対応させて、民らは「王」を笑うだろうかと言っている。

鷗外は、クリスチャンでも仏教徒でもなく、人間を越えた存在に対しては、敬して拝せずという態度を終生貫いた人である。奈良へ来て寺を見て回るうちに、民の態度に反撥したのであろうか。少しく、硬くなった鷗外の気分を感ずる。小説「かのやうに」を書いたときの鷗外とは違うように思うが、どんなものか。

ここまで「奈良五十首」を読んで来て、最晩年の鷗外の、われわれに向けて発するメッセージは何だったのだろうかと考えてしまった。その点をいえば「我百首」の方が、はっきりしているみたいだ。

奈良の、たくさんの寺院を訪れて、その感想を歌にするというのはわかる。いまわたしは高橋睦郎の『道饗（みちのあえ）』という歌集を読んでいる。その中に「聖餐図」（せいさんづ）三十首がある。そこには、西欧のどこかの国の僧院を訪れて、復活祭に参加したという状況下の歌が並んでいる。しかし、そこにキリスト教への信仰の表白はない。

キリストの血もて染めたる殻のうち鶏卵《たまご》は復活の黄金の譬喩
僧院はおのがじし港を持たりけり波うち寄するそれのみの港

こういった僧院描写があり、種々技巧をこらしているが、キリスト教風俗の美化はあっても、作者の信仰告白はどこにもない。

こういったことは、鷗外の晩年に次いでわたしが読もうと思っている木下杢太郎のキリシタン文学にしても、対象がキリスト教徒の事績でありながら、杢太郎のキリスト教への信仰の表白はどこにもない。こうしたことは、どうしておきるのだろうか。

閑話休題《あだしごとはさておき》。「奈良五十首」注釈を先へ進めよう。

22　とこしへに奈良は汚さんものぞ無き雨さへ沙〔すな〕に沁みて消ゆれば

なかなか美しい歌だが、これは鷗外の願望にすぎない。そしてそのことは本人が一番よく知っていたであろう。現に奈良は「三毒におぼるる民等」によって汚されていたのだ。

23　黄金《わうごん》の像は眩《まばゆ》し古寺《ふるでら》は外《と》に立ちてこそ見るべかりけれ

黄金色をした仏像は、寺の中へ入って見ようとすると、まぶしいだけで客観視できない。よって寺の外に立って中を覗き見るのが適切なのだといっている。「正倉院」という小タイトルの歌はここで終る。五十首の半分に近づきつつある。

次には「東大寺」の小タイトルのもと、三首が並ぶ。

24　別荘の南大門の東西《とうざい》に立つを憎むは狭しわが胸

25　盧舎那仏《るしやなぶつ》仰ぎて見ればあまたたび継がれし首の安げなるかな

26　大鐘《おほがね》をヤンキイ衝《つ》けりその音はをかしかれども大きなる音

（24）の「別荘」はお金持の俗人が建てたもの。あの奈良時代以来の名刹の南大門の東西に建っている。というのも、寺が経営上、土地を借したのだろう。鷗外はそれを「憎む」と言っている。寺院は古来の姿を保ってほしいと願ってのこと。一貫して「民等」を批判し、歴史的な存在としての寺社をひいきしている。「狭しわが胸」という自己批判はしながら、である。

（25）の「継がれし首」は、東大寺には長い歴史があり、火事や戦乱の中で何度となく焼亡した事実からみて当然のことである。仏さまの首が、すげ替えられている痕が見えるのである。それも「安げなるかな」と嘆いている。ここは、気安そうな感じで、あまり重大なことのようにみえない意ととっておこう。

（26）の、ヤンキイがアメリカからやって来た観光客だとすれば、外国からのツアー客の増加をよろこぶ現代と相通ずるみたいで奇妙である。しかし案外、大正はじめごろの日本、日露戦争に勝って世界にその存在を知られた日本は、外国人ツアー客が多かったのかもしれない。「をかしかれども大きなる音」という感想には、不快感は、表明されていない。

次に「興福寺慈恩会」というタイトルのもとに六首が並ぶ。

27　いまだ消えぬ初度《しよど》の案内《あない》の続松《ついまつ》の火屑《ほくづ》を踏みて金堂《こんだう》に入る
28　観音の千手《せんじゆ》と我とむかひ居て講読《こうどく》が焚く香《かう》に咽《むせ》びぬ
29　本尊をかくす画像の尉遅基《うつちき》は我れよりわかく死にける男
30　梵唄《ぼんばい》は絶間絶間に谺響《こだま》してともし火暗き堂の寒さよ
31　なかなかにをかしかりけり闇のうちに散華《さんげ》の花の色の見えぬも
32　番論議《ばんろんぎ》拙《〔つたな〕》きもよしいちはやき小さき僧をめでてありなむ

（27）の歌から始まって、名利興福寺の「慈恩会《ゑ》」（会《ゑ》は仏事の集まり）に参加したときの印象を歌っている。

会の前に何度も、案内の松明《たいまつ》が焚かれるのだが、その最初の松明（続松）の火屑を踏みながら金堂に入ったのだ。

（28）の歌の「講読」というのは「講読役の僧」、読経のかたわら、香を焚いているのだ。自分は、その香にむせびながら千手観音と向き合っている。

(29)の歌の尉遅基は、慈恩大師〈六三二―八二〉の俗名。金堂の中の本尊の仏像をかくすように画像が立ててあるが、その中に画かれた男というのは、きけば、自分よりも若くして死んだという人だ。鷗外は、五十代終りの自分と比べて、人の寿命を考えたりしている。

(30)の歌の梵唄は、仏をたたえる声明《しょうみょう》の一つ。その声の絶え間絶え間に反響をおこす。おそらく声明は数人の僧、あるいは僧全てがとなえるのかもしれない。その谺響が「ともし火暗き堂の寒さ」を、かえって強めるみたいでもある。この歌など「ボンバイ」という語のひびきがよく効いている、なかなかいい歌であろう。

(31)の歌での「散華」は「法会中、紙製の五色の蓮華の花弁などを花筥《けこ》〈器〉に盛り、声明に合せながらまき散らすこと」(『広辞苑』)。こういった行事について、仏教を体験的に知らずに来た、わたし〈祖父母以来キリスト教の家に育った〉などは知らないが、多くの読者には周知のことかと思う。鷗外も、必ずしもよく知っていたとはいえまい。新しい体験だったみたいだ。「なかなかにをかしけり」の「をかし」は、「趣きがある」として肯定的に言っているのだと解する。

(32)の歌の「番論議」は、順番に一番ずつ問者と答者とが、組み合わされて論議することで、むろん論題は仏法にかかわることである。その掛け合いが、うまくないのをききながら鷗外は、それもいいではないかと肯定的にうけとっている。「いちはやき」は「容赦しない、手きびしい」の意ととっておく。「小さき僧」の一人がそういう態度だったのを、鷗外は、ほめてやりたいような気分だったのだろう。このように、慈恩会の一つ一つの行事に、こまやかに歌を添えた人は、鷗外以外にあまりいないのではないか。

「奈良五十首」は、ここまで読んで来たところでは、鷗外の感想をまじえながら、奈良の寺院の現在のありさまを、事実に即して、語っているようだ。「我百首」とは、方法において、かなり大きな違いがあるようにみえる。

第三十一章　「それぞれの晩年」のこれから

「奈良五十首」を大体読み終えた。鷗外晩年の仕事としては『沙羅の木』を挙げるべきだと思われる。わたしの次の仕事の対象として木下杢太郎の晩年が想定されて来ている。

二月も終ろうとしている。税申告（青色申告）の日が迫っている。毎年のように家妻と向い合せに座り、書類を作る。ついでながら、晩年の鷗外の、公的な収入ってどのぐらいだったんだろうなどと考える。史伝も終り、原稿料収入は、既刊の書物の重版等なければ、ほとんどなかったのではあるまいか。

「奈良五十首」も、あと残り少いから、とにかく、今読んで考えたことを書いて置こう。

「元興寺址」のタイトルで三首ある。「址」とあるから、寺はもうないのだろう。

33　いにしへの飛鳥《あすか》の寺を富人《とむひと》の買はむ日までと薄《すすき》領せり

34　落つる日に尾花匂へりさすらへる貴人《うまびと》たちの光のごとく

35　なつかしき十輪院は青き鳥子等のたづぬる老人《おいびと》の庭

「南都小記」には「元興寺／七大寺ノ一ナリ一名法興寺／霊亀二年〔七一六〕元正〔天皇〕養老二年並ニ徒建ノ年ナリ初蘇我馬子飛鳥村ニ立ツト云フ今廃シテ仮堂アリ」とある。また「十輪院／元興寺ノ子院ナリ本堂ハ元正ノ宮殿ノ一部ナリ／朝野魚養《あさののなかい》ノ墓アリ／経蔵ハ博物館ニ遷ス」とある。鷗外が、南都へ行く前に、文献によって調べたところを抄記したものだろう。「徒建」なんて言葉も、簡単な漢和辞典にはのっていないが、多くの人の労力をつかって建てたと解しておく。「遷ス」もウツスと訓読みして、今は奈良博物館にあり、の意にとっておく。元興寺は「今廃シテ仮堂アリ」で、小屋みたいなものが建っているだけだと知って行ってみたら、三首の歌にあるように、薄原になっていた。いずれ「富人」が買うまでは、原っぱのままなのだと嘆いている。落日をうけて薄は赤く染まってみえる。そのさまは、まるで飛鳥のころの貴族たちがさすらっているみたいな光であるよ、というのだろう。（35）の歌は、メーテルリンクの「青い鳥」をもって来て、「十輪院はどこへ行った、なんて探し求めてもどこにもありはしない」と言っているのだろう。「老人の庭」というのは、ちょっとうまく現代語訳しにくいところだが。

　短歌として評するなら、昔をしのびながら古寺、廃寺を訪ねている鷗外の気持は、よくわかる。しかし、落日の光に、薄（尾花）を配するあたりは、ありきたりの手法で、斬新さはない。「青き鳥」の出てくるのは鷗外らしいところだが、「老人の庭」の結句は、失敗しているように思える。「子等」を出したら、それで貫くべきで「老人」を出してはいけないのだ。

「般若寺」のタイトルで次の歌がある。

36　般若寺は端《はし》ぢかき寺仇《あだ》の手をのがれわびけむ皇子《みこ》しおもほゆ

この「皇子」は大友皇子だろうか。奈良の中心からはずれた田舎の寺に、宿敵からのがれてわび住まいしたさまをしのんでいる。そういえば、鷗外も、小倉にわび住まいした日々があった。

「新薬師寺」のタイトルで一首。

37　殊勝なり喇叭の音に寝起《ねおき》する新薬師寺の古き仏等《ほとけら》

「南都小記」の新薬師寺ではなく白毫《びやくごう》寺の項だが、「歩兵五十三連隊営背後門ヨリ一筋道ニテ此川〔能登川〕ヲ渡リ寺ニ上ル　左京ニ入ル」とある。寺のすぐそばに、歩兵連隊があり、毎朝起床ラッパが鳴る。その音で「古き仏等」も起き、夕方はやはりラッパの音で一日を終える。奈良を近代化したのは「富人」たちばかりではない。軍隊も一役買っていた。

「大安寺」とあって一首。

38　大安寺今めく堂を見に来《こ》しは餓鬼のしりへにぬかづく恋か

「南都小記」には「大安廃寺　大安寺村　笠ノ女郎ノ歌　ガキノシリヘ云々」とある。

『万葉集』巻四の「笠女郎《かさのいらつめ》の大伴宿禰《すくね》家持に贈れる歌」の中の、

相思はぬ人を思ふは大寺の餓鬼の後《しりへ》に額づくがごと　巻四・六〇八

（中西進訳『万葉集　全訳注原文付』によると、〈思ってもくれない人を思うなんて、大寺の役に立たぬ餓鬼像を、しかも後ろからひれ伏して拝むみたいなものです〉を、本歌のようにして鷗外の歌は作られている。現代化した「今めく」寺を見に来ての感慨で、鷗外の持つ懐古の心を知らず、どんどん現代人向きになっていく奈良の寺を嘆いている。

「白毫寺」とあって一首。

39　白毫《びやくがう》の寺かがやかし痴人《しれびと》の買ひていにける塔の礎《いしずゑ》

白毫寺は、「南都小記」には、先に挙げた歩兵連隊の記事の外には「又一切経寺ト云フ高円山ノ号アリ」とあるだけだ。

馬鹿ものが、寺の塔の礎石を買っていったとのことだ、はずかしいことだ、と嘆いていると解する。二十九章では「この輝かしい寺」としたが、「かがやかし」は、源氏物語では「はずかしい。おもはずかしい」という風に使うと、辞書にあった。岩波古語辞典では「きまり悪い様子である」とある。きまり悪がっているのは白毫寺である。

第四十番目から五十番目までの十一首の歌は、特に小タイトルのない歌だ。

40　踊る影障子にうつり三味線の鳴る家の外《と》に鹿ぞ啼くなる

41　酔ひしれて羽織かづきて匍ひよりて鹿に衝《〔つ〕》かれて果てにけるはや

42　春日《かすが》なる武甕椎《たけみかづち》の御神《おんかみ》に飼はるる鹿も常の鹿なり

43　旅にして聞けばいたまし大臣《おとど》原獣《けもの》にあらぬ人に衝かると

既に、この四首は、漢詩とくらべながら読んだところだが、いわば鹿の連作ともいうべきところ。四首目では意外にも政治的事件を歌っている。あるいは、これを歌うために、鹿の話をもち出したようにも思える。三首の鹿の歌のあとに「獣」ではなく、一人一殺型のテロリストにより、角《つの》ではなく刃に衝かれて、原敬は死んだ。二つの事件を比べれば、人命喪失という上では同じであるが、政治的な意味は全く違っている。両者を並べてみたのは、鷗外のアイロニー（皮肉）とうけとるべきであろうか。

かねてから、小堀桂一郎の推挙していた「奈良五十首」に関する研究書がある。平山城児氏による『鷗外「奈良五十首」の意味』で、その改訂版ともいうべき一書が、文庫本になって昨二〇一五年に出たのを編集者の田口博氏によってとり寄せていただける予定だ。

わたしとしては、その本を見る前に、自力で、「奈良五十首」の解読をしてしまいたいと思っている。もともと『沙羅の木』を読む日』にとって、「奈良五十首」は、附録ともいうべき一章である。そうした附録部分は、『沙羅の木』論とは、一応別件と考えておいてもいいと思うのだ。

「奈良五十首」の、残りを読もう。

44　宣伝は人を酔はする強《し》ひがたり同じ事のみくり返しつつ
45　ひたすらに普通選挙の両刃《もろは》をや奇《く》しき剣とたふとびけらし
46　暁《さと》らじな汝《な》が偶像の平等《びやうどう》にささげむ牲《にへ》は自由なりとは
47　富むといひ貧しといふも三毒の上に立てたるけぢめならずや
48　貪欲《どんよく》のさけびはここに帝王のあまた眠れる土をとよもす
49　なかなかに定政《さだまさ》賢《さか》しいにしへの奈良の都を紙の上に建つ
50　現実の車たちまち我を率《ゐ》て夢の都をはためき出でぬ

この、最後の一首で「夢の都」を、ばたばたと出てゆくありさまが歌われている。この「夢の都」は、ひょっとすると、「正倉院」の第二首目に出て来た「夢の国」と相呼応しているのではないか、という考えが、わたしの頭をよぎる。しかし、「夢の国」は「国」の話だ。最後のは「夢の都」である。どちらも現実にはありえない。鷗外の頭の中に夢想されているだけのものかもしれないが。

（44）の歌の「強ひがたり」は、万葉語で、『うた日記』以来顕著な、『万葉集』の影響をしのばせる。

不聴《いな》と言へど強ふる志斐《しひ》のが強語《しひかたり》このころ聞かずて朕《われ》恋ひにけり　巻三・二三六

の、「朕」は女帝の持統天皇。「もう聞きたくないというのに強いる志斐（中臣志斐媼《なかとみのしひのおみな》）の強《し》い語《かたり》だけれど、近頃は聞かないで私は恋しく思っているようだ」（中西進訳）で、原歌では、志斐という老女の名が「強《しひ》」と語呂をあわせられており、「強語」でも、むりにきかせられる噂話も、このごろ聞かないでいると、なつかしい気分になるよと、戯れている。鷗外の歌の場合は、「宣伝」を批判する歌だ。

「宣伝」という訳語は、たぶんpropaganda（政治的宣伝。誇張された偽りのといった悪い意味で使われる宣伝）の訳だろう。万葉語の「強語」のもつユーモアはない。

「普通選挙」は、「身分・性別・教育・信仰・財産・納税などを選挙権の制限的要件としない選挙」（『広辞苑』）で、むろん、西欧由来のもの。「日本では一八九〇年代末頃から普通選挙権獲得運動が組織され、第一次大戦後の民主主義思想の普及と労働者・農民運動の激化とに支えられて、一九二五年（大正十四）ようやく男子のそれが実現をみた」。つまり鷗外の死後三年である。鷗外の晩年は、まさにこの普選運動に象徴されるような、大正デモクラシーの思潮の高まりの中にあったのだ。

鷗外は、それを「偶像の平等」なのだよ、「平等」なんてものをありがたがっていると「自由」

が失われてしまうよ、と言い返す。普選なんて、長所と短所をあわせもつ、「両刃の剣《つるぎ》」なのに、それを「奇しき剣」（不思議な力をもつ剣）だなんて、人々はありがたがっているのだ、と言った。

貧富の差なんていうが、みな、仏教でいう貪《とん》・瞋《じん》・痴《ち》の、人間のもつ根源的な三つの悪徳の上にたてられた区別にすぎない。人間性そのものから生じた差別なのだ、とでも言いたいのだろう。

そして、この、奈良という古都、地下に歴代の帝王たちの眠っている土地にも、貪欲の叫びが、ひびきわたっているではないか。

（49）に出てくる「定政」とは何者かわからないが、絵師であろうか。「いにしへの奈良の都」は、伊勢大輔《いせのたいふ》（生没年未詳。平安中期の女流歌人）の古歌。

いにしへの奈良の都の八重桜今日《けふ》九重《ここのへ》ににほひぬるかな　　詩花集・春・二九

を踏んでいる。この本歌も、女流の歌だという点で「強ひがたり」の歌と通うのはおもしろい。

定政さんは、賢いことだ、これを歌や物語に書くのではなく、「紙の上に」建ててみせたとでもいったところだろうか。「定政」が不明なのでしっかり解釈はできないが。

「いにしへの奈良の都」と、現実の奈良。この対比のうちに鷗外の歌は、終始つくられている。

「奈良五十首」を、鷗外が、生涯の果てに残した、最後の「まとまった創作」と位置づけることは、出来るかもしれない。しかし、それは、あくまで、時期として、結果としてそうなったというまでのことだ。やはり、まとまりのある創作としては詩歌集『沙羅の木』の方が、構成もよいし、内容も豊かだ。わたしは、無理にそこに「奈良五十首」をもってこなくてもいいように思っている。

『沙羅の木』と併せて評価すべきものは、『北条霞亭』『霞亭生涯の末一年』であろう。あるいは『山房礼記』（一九一九）の周辺の史伝小説だろう。エッセイとしては「古い手帳から」（一九二一年から第二次「明星」に連載し、未完に終った）を挙げるべきだろう。「奈良五十首」は、それらの諸篇に混って発表された一歌集にすぎない。そういう位置に置くのが正当なのではあるまいか。『うた日記』を注解したときに、途中で注解を止めてしまったのが、わたしとしては悔いの残るところだった。『うた日記』の「夢がたり」というところは、特に、難解だったと記憶している。「夢がたり」の「夢」という言葉は、「奈良五十首」に出てくる「夢の国」「夢の都」の夢という言葉とつながるものがあるかどうか。

とりあえず、ここまでで『沙羅の木』論の補足としての「奈良五十首」論を終りたい。

あとがき

この本は、歌誌「未来」（月刊）に、「それぞれの晩年――森鷗外の晩年」と題して連載した評論を、掲載順に並べて、編んだものである。

第一回が二〇一三年八月号に載った。

最終の第三十三回は、二〇一六年四月号に載った。約三年間の、月一回の、約十四枚弱の評論をつないだものである。

森鷗外といえば、夏目漱石と並んで明治の二大文豪とよばれている。よく知られているのは、小説で、「舞姫」「雁」「青年」「山椒大夫」などがある。読者の中でも高齢の方では、鷗外訳のアンデルセン原作「即興詩人」や鷗外訳ゲーテ原作「ファウスト」などを記憶しておられる方もあるかもしれない。以上は、いずれも散文の作品である。

この本で、わたしが読んだのは、一般にはあまり知られていない『沙羅の木』という詩歌集である。

『沙羅の木』は、大正四年（一九一五）九月五日、阿蘭陀《オランダ》書房から出版された。今から一〇一年前のことだ。著者名は、森林太郎となっている。林太郎は鷗外の本名である。一九一五年は、鷗外五十三歳である。

わたしは、昔の本を復刻版で読むくせがあって、今回も「名著復刻　詩歌文学館〈山茶花セット〉」（日本近代文学館　一九八〇）で読んだ。

大きく分けて、一　訳詩、二　沙羅の木（創作詩）、三　我百首（短歌）の三部に分かれる。本文全二三四頁のうち訳詩部分が一四六頁、創作詩の部分が五二頁、「我百首」のところが三六頁。短歌は一頁三首組である。詩型の違いがあるから単純な比較はできないが、巻頭に置かれた訳詩の頁数が創作詩の三倍近いことからみても、訳詩の部分に、力がこもっている本のように見える。

わたしが、この連載評論で、漠然と意企していたのは、作品を一篇一篇ゆっくりと読むというやり方だ。詩でも歌でも、まず、口ずさみながら読んだり、黙読したりする。知らない言葉があると、語釈を、辞書等を使って試みる。文語の詩歌なら口語訳をしてみる。そして自分なりに評価を下す。前後の詩と比べてみたりする。それをすべて文章にしてみる。

前著の『森鷗外の『うた日記』』『木下杢太郎を読む日』でも採っていたやり方だ。

この本の第七章から第十章にかけて、筆が難渋しているのは、二〇一四年年二月に健康を害して、一日一日を不安のうちに過ごしたことが背景にあるのだろう。連載の数章を編み直して本書をつくったのだ。

その慌てぶりを示す一事として、律儀に一作一作を注解したといいながら、創作詩の一つ、初出不詳、発表日時不詳の「Modèle」（「モデエル」）をうっかり、読みそこなってしまった。この詩は次のようなものだ。

Modèle

なりはひにまだ慣れぬ身の
みじろかでよくぞありしと
手にわたす黄金に、四つの
少女《をとめ》の目異《け》しう笑まひぬ。

まゐらする此花束は
名なしびとふたりがしつる
なりはひの始のやがて
果《はて》に得し黄金のむくい。

画家のヌードモデルをしている二人の少女を歌ったものとみられる。少女たちに報酬として「黄金」――貨幣を渡す場面をうたっているというだけでアイロニカルな作者の眼が感じられる。軽い口調が五・七調で歌われる。後半の「花束」も「黄金」の比喩ととってよかろう。お仕事の初めての報酬であるが、ある仕事をすれば「むくい」（因果応報）でもあるんだよ、鷗外は自分のことのようにいっている。少女らが「異しう笑まひぬ」と響き合っている。

この詩なんかも、軽い詩、ライトヴァースと読んでよろしく、妙に考えこむ必要はあるまい。「直言」なんかと同じく、愉しめばいいのだ。鷗外の初期の小説、いわゆるドイツ三部作の中の「うたかたの記」に、友人の画学生原田直次郎（作中では巨勢《こせ》君）がらみで出てくるマリイのことなど憶い出す必要もないかもしれない。

このように一篇一篇読んでいくのが、詩集歌集を論ずるのに一番よい方法かどうかはわからない。一冊を読んで、代表作を選出し、それを中心に、その詩歌集を評論する方法もある。そのとき、時代背景とか、作者の年譜を参考にしながら読むやり方も、一般によく見られるところだ。わたしも、また、そういう考察も、この本のあちらこちらでしている。

もう一つ、わたしが意識的に採っていたのは、現代詩歌との比較である。言い方を変えれば、今の時代において詩を書いたり歌を作ったりしている自分たちにとって、約百年前のこの詩歌集『沙羅の木』は、どのような印象なのか。おもしろいのか、古めかしいのか、まるで問題にならない変な本なのか、それとも大そう示唆的な本なのか。

そのためにわたしは現代詩や現代短歌を引用して比べてみたりもしたのだ。

訳詩は、ある意味で、訳者の書いた創作詩ともいえるので、創作詩と同じように、日本語で書かれた詩として読めばいい。なにも、原作の詩（ドイツ語の詩）を、訳詩とならべて読む必要はないといえる。

何人かの人のおかげで、クラブントの詩集や、デエメルの詩集『Schöne wilde Welt』（『美しき、野蛮な世界』）を手に入れることができたので、旧制高校で学んだ程度の拙いドイツ語で、たどたどしい読解を試みた。専門のドイツ文学者からみれば、児戯に類する所作であるが、鷗外の、意図的な読み替えとか、省略とかいったところをうかがい知ることができたらいいが、などと考えてやってみた。ドイツ語の原詩の音楽性についてふれたのも、その一端である。

将来、ドイツ文学の専門家によって、一作一作、読解するような注解書が出るようになれば、わたしの拙い試行も、大きく是正されたりすることになるだろう。わたしはその日の来るのを（わたし自身は見ることはできなくても）望んでいるのだ。


一九一五年、『沙羅の木』刊行の年。

一九四五年、太平洋戦争終戦の年。

昨二〇一五年は戦後七十年の記念の年。


こうして書き並べてみるとわかるが、『沙羅の木』が出てから、敗戦そして米軍占領下に入るまで三十年でしかない。そのあとに、その倍以上の時間が経っている。

鷗外は、われわれと同じ時代に生きた人だと、つね日頃、錯覚して、ものを書いているのも、錯覚でもなんでもないのかも知れぬ。

わたしが鷗外の文学をはじめて読んだのは旧制中学から旧制高校のころ、父の指導で、父の蔵書の鷗外全集で読んだように覚えている。それとは別に、岩波文庫の『即興詩人』を読んで級友の一人と夢中になっておしゃべりしたのもティーン・エイジのころだった。

「未来」に「「観潮楼歌会」私見」を書いたのは二十五歳のときで、あれがわたしの書いた鷗外論の、はじめての試作だった。

以来、鷗外は、斎藤茂吉や木下杢太郎と共にわたしのつねに関心を抱く人としてあった。

『赤光』の生誕　二〇〇五年五月
鷗外・茂吉・杢太郎──「テエベス百門」の夕映え　二〇〇八年十月
森鷗外の『うた日記』　二〇一二年一月
木下杢太郎を読む日　二〇一四年一月

と書き続けて来た「それぞれの晩年」シリーズの次の予定は、まだ漠然としているが、やはり杢太郎に照準が向けられつつある。

わたしの近代文学研究の師久保忠夫さんは、いつも変らず、この不肖の弟子であり、友人であるわたしに暖かいはげましの言葉を下さっている。記して、久保さんのさらなる長寿を祈り、感謝したい。
この本は、前著『木下杢太郎を読む日』（幻戯書房）以来、同社の田口博さんの詳しくきびしい校閲の結果生まれている。田口さんと最終稿を今、打ち合わせようとしているところだが、いわば共同制作のような感じになっている。共同制作といっても、そんな形に、わたしの方から持ち込んでいる形だ。田口さんに深甚な感謝を捧げたい。間村俊一さんによってどんな装幀の本になるのか、たのしみにしながら、以上をもって「あとがき」とする。

二〇一六年五月十七日

岡井　隆

初出

「未来」二〇一三年年八月号―二〇一六年四月号

「季刊文科65」（二〇一六年四月）第二十三章に抄録

岡井隆――一九二八年、名古屋市生まれ。四五年、十七歳で短歌をはじめ、翌四六年「アララギ」に入会。五一年、現在発行人を務める歌誌「未来」創刊に参画。慶應義塾大学医学部卒業後、内科医として国立豊橋病院内科医長などを歴任。八三年『禁忌と好色』で迢空賞、九〇年『親和力』で斎藤茂吉短歌文学賞、九五年『岡井隆コレクション』で現代短歌大賞、九九年『ウランと白鳥』で詩歌文学館賞、二〇〇五年『馴鹿時代今か来向かふ』で読売文学賞、〇七年『岡井隆全歌集』全四巻で藤村記念歴程賞、〇九年『ネフスキイ』で小野市詩歌文学賞、一〇年『注解する者』で高見順賞、一一年『X　イクス――述懐スル私』で短歌新聞社賞。ほか評論に『赤光』の生誕』『鷗外・茂吉・杢太郎――「テエベス百門」の夕映え』『森鷗外の『うた日記』』『今から読む斎藤茂吉』『木下杢太郎を読む日』など。一九九三年から二〇一四年まで宮中歌会始選者、〇七年から宮内庁御用掛。

森鷗外の『沙羅の木』を読む日

二〇一六年七月十日　第一刷発行

著　者　岡井隆
発行者　田尻勉
発行所　幻戯書房
郵便番号一〇一－〇〇五二
東京都千代田区神田小川町三－十二
電　話　〇三－五二八三－三九三四
FAX　〇三－五二八三－三九三五
URL　http://www.genki-shobou.co.jp/
印刷・製本　中央精版印刷

落丁本・乱丁本はお取り替えいたします。
本書の無断複写・複製・転載を禁じます。
定価はカバーの裏側に表示してあります。

ISBN978-4-86488-101-2　C0095